初心な没落令嬢はクールな御曹司の甘すぎる恋愛指南で奪われました

marmaladebunko

西條六花

マーマレード文庫

目次

初心な没落令嬢はクールな御曹司の甘すぎる恋愛指南で奪われました

初心な没落令嬢はクールな御曹司の甘すぎる恋愛指南で奪われました

プロローグ

大手町駅直結の星つきのホテルは、ラウンジバーの窓から和田倉噴水公園や丸の内のビル群を眺められ、特にテラス席は開放感がある。

きらめく夜景を見ながらカクテルを味わい、店を出たときにはほろ酔いになっていた。車を停めたパーキングに向かいながら、鷺沢由乃は隣を歩く久能隼人をそっと見上げる。

（わたしばかり酔っちゃって、恥ずかしい。久能さんは運転するせいで飲んでいないから、当然なんだけど）

頭ひとつ分の身長差がある彼はスラリと背が高く、均整の取れた身体つきにハイブランドのスーツがよく似合っている。

その横顔は端整で、高い鼻梁や涼しげな目元、喉元へのラインが男らしく、薄い唇に目が引き寄せられた由乃は鼓動が速まるのを感じた。

昨夜自分は、初めて久能とキスをした。それまで二週間、食事や酒を含めたデートを繰り返してきたが、色っぽい雰囲気になったことは一度もない。それに焦れてこちらからキスをねだったものの、彼はそんな自分をはしたないと思っているだろうか。

（でもああいうふうに迫らないと、きっと久能さんとの関係は進展しなかった。……だってこの人とわたしは、本当の恋人同士ではないから）

この半月のあいだ、自分たちは仕事以外の時間に頻繁に顔を合わせ、〝恋愛の真似事〟をしている。

それは由乃から持ちかけたことで、彼の頼みを聞くのと引き換えの、いわばギブアンドテイクの関係だ。だがその根本には久能への恋愛感情があり、この関係が期間限定であることに複雑な気持ちを抱いている。

（仕方ないよね。正攻法ではきっと手が届かないから、わたしは期限つきの関係を久能さんに申し込まざるを得なかった。彼はそれに誠実に応えてくれてるだけなんだもの）

久能がパーキングに停めた車に近づくと、スマートキーでロックが解除される。

助手席に乗り込んだ由乃は、エンジンをかけようとした彼に「あの」と呼びかけた。

「ん？」

「キス――していただけませんか」

言った端から恥ずかしさがこみ上げ、頬がじんわりと熱くなる。

本当はこんなふうに自分から申し出るのは、恥ずかしい。だが酒の酔いがあると幾分大胆な気持ちになることができ、由乃はドキドキしながら久能の答えを待つ。

すると彼がふっと笑い、シートベルトを締めようとしていた手を止めて言った。

「――いいよ」

久能の整った顔が近づき、唇が重なる。

触れるだけで離れたそれを物足りなく思い、由乃がそっと目を開けると、間近で視線がかち合った。

「ぁ、……」

再び唇が重なり、柔らかな舌が口腔に忍んでくる。

こちらを怖がらせないようにという配慮なのか、彼のキスは穏やかで、ゆるゆると絡ませられる感触に由乃は陶然とした。久能との関係は、決して恋愛ではない。近い将来に必ず終わるものだとわかっているのに、由乃の中には「もしかしたら」という一縷の望みがあり、そんな自分の浅ましさに忸怩たる思いがこみ上げる。

(わたしは……)

やがて唇が離れ、由乃は切実な瞳で目の前の彼を見つめた。そして頭の片隅で、久能と〝恋愛の練習〟をすることになったきっかけを思い出していた。

第一章

西落合（にしおちあい）にある築三十二年の２ＤＫのアパートは、外壁や内装がリフォームされていてそれなりに清潔感がある。

だがリビングが八畳、六畳間が二つという間取りはあまりにも狭く、戸口に佇（たたず）んだ鷺沢由乃は呆然（ぼうぜん）とつぶやいた。

「……すごく狭い。本当にここに住むの？」

「確かにリビングは八畳しかありませんし、これから家具が入ったらもっと狭くなります。でもそれぞれの個室は六畳ずつあるんですから、家賃を考えるとかなりの優良物件ですよ。今までの暮らしからしたらカルチャーショックかもしれませんが、お嬢さまもこういう庶民の感覚に慣れていかないと」

「そ、そうよね」

サバサバとした口調でそう語るのは、埜口久美子（のくちくみこ）という女性だ。

彼女はこれまで由乃の家で働いていた家政婦で、今日からこのアパートで同居することになる。

今朝までの由乃は、広尾にある大豪邸で暮らす正真正銘のお嬢さまだった。父の辰彦は戦後に急成長した大手ゼネコンの社長、母の静香は観劇やお茶会に精を出す優雅な夫人で、由乃自身も名門女子校から女子大へと進学し、半年後には銀行頭取の息子と結婚することが決まっていた。

それが一変したのは、三ヵ月半前だ。地方都市の再開発に絡む汚職事件で、辰彦が市長への贈賄罪で逮捕され、二ヵ月後に有罪判決が出た。それを受け、彼は会社法が定める特別背任罪により代表取締役を解任させられることとなった。

驚いたのは、その直後だ。辰彦は自宅で突然心臓発作を起こして倒れ、救急搬送された二日後にこの世を去った。あまりのことに呆然としつつ身内だけで葬儀を終えたものの、静香は今後の生活を憂い、「これからどうしたらいいのかしら」とさめざめと泣くだけだった。

由乃と彼女にとって不幸だったのは、父が会社の金を私的に流用していたことが判明し、贈賄に使った金の補填も含めて自宅の差し押さえが執行されたことだ。預金だけでは賄いきれなかったための措置だったが、静香はすっかり気落ちし、「実家に戻る」と言った。

『由乃ちゃんも一緒に行きましょう。あなたは荻原家との縁談が駄目になってしまっ

たけれど、ほとぼりが冷めればお兄さまがいいお話を持ってきてくれるかもしれない
し』
彼女の実家は名家であり、現在は伯父が当主となっている。
彼はこちらの境遇に同情し、「二人でうちに来なさい」と言ってくれたが、由乃は熟考の末にそれを断った。
（お父さんが亡くなって婚約も破棄されてしまったけど、これはいい機会だわ。わたしは外で働いてみたい）
これまで裕福な暮らしをし、良縁に恵まれるようにとさまざまな習い事をしてきた由乃だったが、本当は外で働いてみたいという願望を抱いていた。
父が亡くなるまではそうした望みを口に出すことができなかったが、十日ほど前に転機があった。

その日、屋敷から退去するための引っ越し準備でバタバタしていた鷺沢家の屋敷を訪ねてきたのは、久能百貨店外商部の友重明夫（ともしげあきお）だった。
『このたびはご当主辰彦さまのご逝去に際し、心からお悔やみ申し上げます。奥さま

もお嬢さまもさぞお力を落とされていることと存じますが、ご仏前に焼香させていただきたく、お邪魔いたしました』

外商部部長の彼は五十代後半の落ち着いた男性で、立派な供花と香典、辰彦が生前好きだった菓子を持ってきてくれていた。

久能百貨店とは普段から懇意にしており、たびたび自宅まで来てもらっていた間柄で、おそらく葬儀が終わったあとを見計らって訪問してくれたに違いない。

応対した由乃は、応接間で友重と向かい合って言った。

『母は父の葬儀後から臥せっておりまして、お会いすることはできないのです。大変申し訳ありません』

『とんでもございません。辰彦さまが急逝されたことで、相当気落ちされているのでしょう。お嬢さまは体調などいかがですか』

『おかげさまで、何とか』

しばらく世間話をしたあと、由乃は友重に対して遠慮がちに告げた。

『今まで久能百貨店さんにはとてもよくしていただきましたが、友重さんもご存じのとおり、当家は父が亡くなってこれまでどおりにはいかなくなりました。自宅を差し押さえられてしまったため、わたしと母は期日までにこの屋敷を出ていかなければならないんです。ですから、そちらとのおつきあいは今日までということになります』

『……さようでございましたか』

彼が遠慮がちに「今後はどうするのか」と問いかけてきて、由乃は精一杯明るく答えた。

『母は実家に戻るそうですが、わたしは働こうと思っています。とはいえまだ何も決まっていなくて、とりあえずは賃貸の住まいを探しているところなのですけど』

由乃が独り暮らしをすると言い出したとき、母と伯父はこぞって反対した。

これまで何もかも家政婦に世話されてきた人間が、いきなり一人で暮らしていけるわけがない。そんな彼らの言い分はもっともで、どうしても外に出たい由乃と対立していたが、そこで二年前から鷺沢家の屋敷で働いている家政婦の埜口が「あの」と口を開いた。

『お話に割り込んでしまい、大変申し訳ありません。お嬢さまの独り暮らしの件ですが、私が一緒に住むのはどうでしょう』

『えっ』

『お嬢さまがいきなり一人で暮らすのは、奥さまや新宮さまがおっしゃるとおり難しいと思います。ですが私が同居して生活のサポートをすれば、不可能ではないかと』

埜口は現在二十四歳の由乃より四つ年上で、比較的年齢が近く、普段から親しく言葉を交わしていた。

そんな彼女が鷺沢家の勤めを辞めたあと、厚意で同居してくれるという。最初は難色を示していた母と伯父は、何度か話し合いをするうち、「埜口さんが一緒にいてくれるなら」と納得してくれた。

結果、由乃と同居して日常生活のサポートをする代わりに、報酬として彼女にこれまでの三分の一の金額を支払うことが決まり、由乃は新しい生活にわくわくしていた。家賃と光熱費、食費は折半のルームシェアという形で、埜口は他に就職先を見つける予定だという。

すると一連の話を聞いた友重が、少し考え込んで問いかけてきた。

『お嬢さまの就職先ですが、どういう職種でというご希望はございますか？』

『これまで就労経験がありませんから、お茶やお花など、持っているお免状を生かしたお仕事ができたらと考えているのですけど』

『もしかすると、わたくしがお仕事をご紹介できるかもしれません。一旦社に話を持ち帰らなくてはならないので、少々お時間をいただけますでしょうか』

友重の言葉を社交辞令として聞いていた由乃だったが、翌日彼から連絡がきて、驚くことを言われた。

『わたしが、久能百貨店で……ですか？』

『はい。お嬢さまは鷺沢家のご令嬢として、幼少の頃より数多くの一流の物に触れてこられました。その確かな審美眼を、弊社の外商部で生かしてはどうかと思うのです。昨日のお話では就労を考えているとのことでございましたので、わたくしのほうで社長に相談し、「中途採用という形ではどうか」という返事をいただいております』

外商とは、いわゆる〝お得意さま〟といわれる富裕層の人々の接客をする専門の職種だ。

友重を見ていると、この仕事には豊富な商品知識に、完璧なビジネスマナー、高いコミュニケーション能力が必要だとわかる。月に何度か訪問し、会話の中でリサーチした好みを参考にしつつ、家族それぞれの趣味嗜好に合った商品を提案していた。たとえ顧客から無理難題を押しつけられても、伝手(つて)を辿(たど)って取り寄せるなどしながら臨機応変な対応を心掛け、時間をかけて信頼関係を築いていく専門職なのだろう。

友重はそんな外商部に自分を誘っている。由乃は面食らい、しどろもどろになって答えた。

『ありがたいお話ですけど……わたしに務まるでしょうか。外商は、専門的な知識が必要なのでは』

『社内研修制度がございますし、何より外商にはお客さまに育てられる風土がございます。お嬢さまがこの仕事に興味がおありでしたら、一度面接を兼ねて弊社にいらしてはいかがでしょうか』

かくして由乃は日本橋にある久能百貨店を訪れ、そこで友重の説明を聞いたのちに面接を受けて、晴れて採用の連絡を受けた。

いよいよ明後日の六月一日から働くことが決まり、それに先駆けて由乃は今日引っ越しを行った。埜口が部屋の窓を開け放しながら言った。

「お嬢さまが久能百貨店で働くことになるだなんて、びっくりですね。でも友重さんがいらっしゃるなら、他の会社で働くより少し気が楽なんじゃないですか?」

「ええ。でも今まではわたしのほうが顧客だったけど、これからはあちらが上司になるんだから、自分の立場をちゃんと弁えないと。せっかくご厚意で採用していただいたんだし、一日も早く一人前になれるように努力するつもり」

広尾の屋敷を出るに当たって、伯父からはセキュリティのしっかりした高級マンションを新居にするように言われたものの、由乃はそれを拒否した。

もうお嬢さまではないのだから、身の丈に合った生活がしたい。そう言って物件を埜口に捜してもらい、こうして地下鉄沿線の２ＤＫの部屋に引っ越してきた。

今まで暮らしていた屋敷に比べれば格段に狭いが、これが現在の自分にふさわしい住まいだ。そう自らに言い聞かせた由乃は、彼女に向き直って言う。

「埜口さん、今日からわたしたちは同居人なんだから、〝お嬢さま〟と呼ぶのはやめて。それからわたし、家事全般を覚えたいの。お手間をかけてしまうけど、教えてもらえる？」

すると埜口が、困惑した様子で答える。

「では〝由乃さん〟と呼ばせていただきますが、私はこの同居に際して月々お手当てをいただくことになっております。ですから、今までどおり家事はすべて任せてくださって大丈夫ですよ」

「ううん、そんなわけにはいかない。生活のサポートをする条件で同居してもらっているんだから、報酬を支払うのは当然だけど、わたしは身の回りのことを自分でできるようになりたいの。埜口さんもこれから家事代行サービスに登録してお仕事を始めるって言っていたし、お互いに忙しくなるんだから、家のことは協力してこなしたほうがいいでしょう?」

　すると彼女は、根負けした様子で小さく息をついた。

「わかりました。では早速、お掃除から始めましょうか。このあと家具や家電が届きますし、その前に床や水回りの掃除を済ませてしまわないと」

　家事のプロである埜口に教わりながら、由乃は掃除に取りかかる。

　そして雑巾を絞ってせっせと床を拭きつつ、明後日から始まる仕事に思いを馳せた。

(外商部に所属ってことは、富裕層を相手にするんだよね。もしかしたら知り合いのお宅に伺うこともあるかもしれないけど、上手くやれるかな)

　友重いわく、入社してしばらくは社内研修で商品知識やビジネスマナーを学び、ときどき先輩社員の外回りに同行するらしい。

　これまで働いたことがない由乃にとっては、未知の領域だ。しかし彼が言うように、これまで培ってきた審美眼やブランド品に関する知識が生かせるのなら、大きなやりがいがあるかもしれない。

　まずは社会人らしい立ち居振る舞いを身に着け、部署内のメンバーと良好な関係を築けるように努力しよう――そう心に決め、由乃は期待と不安が入り混じった複雑な気持ちを押し殺す。

（外商部には、一体どんな人がいるんだろう。やっぱり職業柄、物腰柔らかな人が多いのかな。そういえば何年か前に友重さんが連れてきた外商さんも、丁寧で折り目正しい人だったっけ）

外商部の部長である友重は、鷺沢家を訪れるときに新人を同行することがあり、そのうちの一人が印象に残っていた。

スラリと背が高く、仕立てのいいスーツを着こなした彼は、確か久能百貨店の創業者一族の人間だったはずだ。その社員と由乃は何か言葉を交わしたはずだが、詳しい内容が思い出せない。

（会社に行って、その人の顔を見たら思い出せるかも。ちょっと不安だけど、頑張ろう）

簡単に掃除を終えたタイミングで家具と家電が届き、由乃と埜口は部屋の片づけに追われる。二日かけて整理整頓を終え、やがて迎えた六月一日の朝、由乃は全身が映る鏡で入念に身だしなみをチェックしていた。

（ダークスーツを着るなんて、法事のとき以来。あまり華美にならなければアクセサリーはOKって言ってたから、ピアスは小さいものにしよう）

ハーフアップにした髪に乱れがないか確認し、小さなダイヤのピアスを着ける。

リビングに向かうと、同じく今日から出勤だという埜口がテーブルに小さなバッグを置いて言った。

「お弁当を作りましたから、持っていってくださいね」

「ありがとう」

「あ、肩にゴミがついてますよ」

彼女が由乃の全身を上から下まで眺め、微笑む。

「今日からいよいよ仕事ですね。通勤は地下鉄一本ですから迷わないと思いますが、もしわからないことがあれば連絡をください」

「はい。いってきます」


久能百貨店は江戸時代創業の呉服店を前身とし、明治時代に百貨店と名前を変えて以降、創業一一二年の歴史を誇る。

現在全国四店舗を展開しており、豊富な品揃えと丁寧な接客、最高のサービスをモットーに、高級ブランドショップや宝飾品、ライフスタイル雑貨、コスメショップなどを展開する老舗店だった。

社内にはさまざまな部署があるが、中でも外商部は厳選された優良顧客を専門に担当する部署であり、高級ファッションブランドや宝石、絵画、化粧品から、マッサージチェアや酸素カプセルまで、顧客の好みに合わせた商品を提案して販売することが仕事となる。

朝九時に由乃が出勤すると、部長の友重が言った。

「この部署の人間は九時半頃に出勤しますから、揃い次第紹介します。それから今日から鷺沢さんは久能百貨店の顧客という立場ではなく、一社員です。特別扱いはせず、新人として鍛えていきますので、そのつもりでいるように」

「はい。心得ております」

これまでことさら丁寧な言葉遣いで接してくれていた彼の口調が変わり、由乃は居住まいを正す。先にフロアの案内をされ、オフィスに戻ってくると、だいぶ人が増えていた。

するとオフィス内を見回した友重が一人の男性社員に目を留め、声をかける。

「久能くん、少しいいかな」

「はい」

呼ばれてやって来たのは、背の高い男性だった。

年齢は二十代後半から三十代前半に見え、とても端整な顔立ちをしている。オーダーメイドとおぼしきスーツを着こなし、身に着けている腕時計や靴はハイブランドのもので、身のこなしや佇まいからクラス感をおぼえさせる人物だ。

その名前を聞いた瞬間、由乃は彼が数年前に鷺沢家を訪れた人物だと気づいた。

（あの人が……）

友重が彼に、由乃を紹介した。

「こちらは今日から外商部に配属された、鷺沢由乃さんだ。鷺沢さん、彼はこの部署でマネージャー、つまり副部長的な役職にある、久能隼人くん。四年ほど前に鷺沢家に僕と一緒に訪問したことがあるんだが、覚えているかな」

「……はい」

四年前、友重が連れてきた男性は〝久能隼人〟と書かれた名刺を差し出し、母の静香が事前に頼んでいた辰彦の誕生祝いのネクタイピンのプレゼンをした。

彼はこれまで何度かパーティーで辰彦と面識があり、自分なりに似合うと思ったものをセレクトしてきたらしい。やがて商談がまとまりかけたとき、それまで黙っていた由乃は思わず口を挟んでしまった。

『お父さんには、こちらの品のほうが似合うと思います。外商さんはタイバーをお勧めされていますけど、似たようなものは既にいくつも持っていますし、やはり誕生祝いという特別な贈り物なら、ジュエリー感覚で着けられるタイタックが華やかでいいのではないかと』

『言われてみれば、そうねえ』

由乃の言葉に同調した静香は、結局彼が勧めるものではなく、娘が提案した品を購入した。

そのときは何気なく発言したものの、彼らが帰ってから「もしかすると自分は、この家に初めて来た久能の顔を潰してしまったのかもしれない」と思い至り、居心地の悪い気持ちを味わった。

それきり彼は鷺沢家を訪れることはなかったが、おそらくその後も久能百貨店の外商部でキャリアを積んでいたのだろう。

今こうして四年の時を経て再会してみると、何ともいえずいたたまれなさをおぼえる。由乃は慌てて頭を下げ、挨拶をした。

「今日からこちらでお世話になる、鷺沢由乃と申します。以前当家にお越しになった際には、大変失礼いたしました」

「いや」

友重がニコニコして言った。

「鷺沢さんの教育は、久能くんに任せる。まずはeラーニングでビジネスマナーや商品について学び、社内研修会にも随時参加してもらうが、それに並行して少しずつ外回りなどに同行させてあげてくれ」

「わかりました」

久能が自分の教育係になるのだとわかり、由乃は再び頭を下げた。

「よろしくお願いいたします」

「ああ」

顔も見ずにあまりに端的な返事をされ、由乃は戸惑う。

(もしかして、四年前のことを根に持ってる？　もう一度謝るべきかな)

しかしそのタイミングで友重が「朝礼を始めよう」とオフィス内に向かって告げ、由乃を紹介する。

「今日からこの外商部の一員となる、鷺沢由乃さんだ。この業界は初めてのため、皆さんいろいろと教えてあげるように」

彼に促され、由乃は社員たちに向かって緊張しながら挨拶する。

その後すぐに始業となったが、誰もがどこかに電話をかけていたり、他部署から来たとおぼしき人間が品物を手に熱心に話しかけていたりと、オフィス内はひどく活気があった。

由乃がそれに圧倒されて眺めていると、斜め横の席に座る久能が「鷺沢」と呼びかけてくる。

「は、はい！」

「さっき部長が言っていたように、一週間から十日間はeラーニングで研修だ。まずはパソコンを立ち上げて」

言われるがままにデスクに置かれたノートパソコンを起動させ、彼が言うアイコンをクリックする。

それは新人教育用のeラーニングの動画フォルダで、久能はそのうちの三本を見てレポートを書くように指示した。

「締め切りは午後二時で、俺が外回りから帰ってくる時間までだ。フォーマットはA4でそれぞれ一枚程度、行数と文字数は任せる。その他、わからないことは随時聞いてくれ」

「はい。あの、皆さんとても忙しそうにされていますよね。この部署にいる人たちは、それぞれどのくらいの顧客を持っているんですか？」

「一人当たり、一〇〇から二〇〇だ。この時間帯は前日顧客から頼まれた商品の発注を売場にかけたり、今日訪問する客先にお勧めする商品を手配したりと、忙しくしてる。他部署から来ている人たちは、館内の売場店員だ」

「館内の、ですか？」

「ああ。自分の店の商品を外商から顧客に勧めてもらえるように、それぞれ営業をかけてる。たまに客先に同行することもあるな」

確かに外商部員に話しかけている売場店員は、かなり必死な表情だ。

由乃は感心しつつ、ポケットから取り出したメモ帳に今聞いた内容を書きつける。そしてeラーニングのフォルダをクリックし、耳にイヤホンを嵌めて動画の視聴を始めた。

そうしながらも、久能の様子をチラリと窺う。電話の受話器を手に話している彼は、由乃に対して淡々とした態度だ。それは四年前に鷺沢家の屋敷を訪れたときとはまったく違っていて、戸惑いがこみ上げる。

（久能さん、わたしに思うところがあるからあんなに愛想がないのかな。それとも営業用の顔と普段の顔は、まったく違うってこと？）

久能の態度は、これまで誰かに冷たくされたことのない由乃をひどく落ち着かない気持ちにさせた。

それから一週間が経過したが、彼の愛想のなさは変わらず、由乃は次第に気分が落ち込んできていた。彼は仕事に関する指示をするときは極めて事務的で、笑みひとつ浮かべない。しかし館内売場の女性店員が来ているときはにこやかに話しており、そのギャップは雲泥の差だった。

自分は直属の上司に、嫌われている――週末に夕食を食べながら由乃がそう打ち明けたところ、埜口が口の中のものを嚥下しつつ考え込んで言った。

「まあ、何となく理由はわかる気はしますけどね。きっとその上司の人は、由乃さんが腰掛けに仕事をしてるって思ってるんじゃないですか?」

「腰掛け?」

「だって鷺沢家のお屋敷に来たことがあるなら、由乃さんがお嬢さま育ちなのはわかっているわけですし。外商部っていろいろ厳しそうな部署ですから、いきなり縁故採用で入ってきたらちょっと思うところがあるかもしれません」

言われてみれば確かにそんな気がして、由乃は「……そう」とつぶやく。

外商部員のキャリアは、店舗の売場販売員から始まっていることが多い。いわゆる〝叩き上げ〟の人材ばかりの部署だ。

　そんな中、縁故採用された由乃は確かに周囲から見れば苦々しい存在に違いない。外商部の新人は先輩社員に同行して客先を訪問し、実際に販売する様子を見ながら仕事を学んでいくという。

　客から求められる外商に必要な資質は、細やかな情報収集力と世間のトレンドに沿った提案力、そして品物のよさを伝える説得力だ。つまり一朝一夕に一人前になることは無理で、そうした努力を重ねてきた者たちから由乃が厳しい目を向けられるのは納得できた。

（でも、頑張らないと。わたしを守ってくれていたお父さんはもういないんだし、自分で働いて生活していかなきゃ）

　そう決意して出勤した月曜日、いつもどおりeラーニングを視聴しようとしていた由乃に、久能が話しかけてきた。

「今日は俺の顧客訪問に同行してもらう。三田（みた）に住んでいる、高辻（たかつじ）さまのお宅だ。まずは商品を揃えに売場に行くから、ついてきてくれ」

　彼が向かったのは、本館の六階にある宝飾品フロアの中の店だった。

　久能百貨店のオリジナルの商品を扱う〝レクス・ダイヤモンド〟というブランドで、質の高いダイヤモンドが売りらしい。久能が歩きながら言った。

「高辻さまの家族構成は、四十代半ばのご夫婦と二十歳になったばかりのお嬢さまの、三人家族だ。いつもは指定の化粧品やワイシャツ、ワインなどをお届けすることが多いが、奥さまはジュエリーに目がなく、今回は新商品であるダイヤモンドリングとネックレスをお持ちする」

レクス・ダイヤモンドの店舗に入ると、すぐに店長とおぼしき四十代の女性が笑顔で声をかけてくる。

「久能さん、お待ちしていました」

「商品のほうですが、用意はできていますか」

「ええ、こちらに」

彼女はまるで久能が客であるかのように愛想がよく、ビロードの箱に入った商品を差し出して説明した。

「0．2カラットの石には、国際的な鑑定機関のグレーティングレポートがつきます。レポートナンバーはそれぞれのダイヤモンドのガードル部分に刻印されてますから、ルーペでお客さまにお見せしてください」

「わかりました。お預かりします」

持ち出しの書類にサインし、鍵つきのダレスバッグに商品をしまった久能が、店舗をあとにする。

　そして地下駐車場に向かい、黒塗りの高級車のロックを解除して、それを見た由乃は彼に問いかけた。

「あの、これって社用車なんでしょうか」

「いや、俺の車だ。鷺沢は運転免許は？」

「ありません」

　運転席に座り、シートベルトを締めながら、久能が淡々とした口調で言う。

「外商を真剣にやるつもりなら、取ったほうがいい。まあ君には必要ないんだろうが」

　彼の言葉を聞いた由乃は、昨日の埜口との会話を思い出す。

(久能さん、やっぱりわたしが縁故採用っていうのが引っかかってるんだ。軽い気持ちで外商部に入って、適当に仕事をするつもりの人間だって考えてる……)

　助手席に座り、膝の上の両の拳を握りしめた由乃は、久能の横顔を見つめて告げた。

「車の運転免許、取ります。──わたしは外商の仕事に真剣に取り組むつもりでいますから」

　これまでは部署内の忙しさや教育係である彼の雰囲気に圧倒され、どこか萎縮(いしゅく)して小さくなっていたが、それでは駄目だと由乃は考える。

一日も早く一人前の外商になるためには、積極性を身に着けるべきだ。わからないことはどんどん質問し、自分から踏み込む努力をしなければ、他の社員との差は縮まらない——そう思いながら、由乃は久能に問いかける。

「久能さんは、どんな経験を経て外商部員になられたんですか？」

「まずは紳士服売場を経験し、その後時計ブランドの店舗でも売場に立った。外商部に来たのは、四年前だ」

彼は入社後、あえて売場に立つことで商品知識と営業スキルを培い、満を持して外商部へと転属してきたらしい。

それを聞いた由乃は少し躊躇いつつ、気になっていたことを口にした。

「あの、苗字を聞いて思ったのですけど、久能さんって……」

「久能百貨店の社長は、俺の父だ。だがそういうのとは関係なく、今まで所属していた部署で実績を上げて外商部に来ている。君と違って」

最後につけ足された言葉にカチンときた由乃は、抑えた口調で言い返す。

「確かにわたしは友重部長からお誘いを受け、社長の承諾を得て久能百貨店に入社しました。ですがちゃんと面接を受けた上で採用が決まりましたので、そんな言い方をされるのは心外です」

「……………」

「それとも、四年前のことを根に持ってらっしゃるんですか？　うちの屋敷を訪れた際、あなたが母に提案したネクタイピンをわたしが却下したことを」

　四年前の出来事を持ち出した由乃に、彼がピクリと表情を動かしながら答える。

「別に根に持ってはいない。俺たちの仕事は、持参した商品を購入してもらえないのはざらなんだから」

「だったらどうして、わたしにだけ冷たい態度を取るんですか？　他の人にはにこやかに話すのに」

　すると久能が右ウインカーを出し、首都高速道路に入りつつ答えた。

「別に冷たくはしていない。この顔や喋り方は素だ」

「そうでしょうか。この一週間、他の人への態度と比べると、わたしにだけ違っていたので。でも、それは勘違いだったってことですよね」

「そうだな」

　明らかに嘘だとわかるその発言を聞いた由乃はニッコリ笑い、彼を見つめる。

「よかった。わたしが一方的に過敏になっていたみたいで、すみません。これからは久能さんの態度を悪いように解釈せず、前向きに受け止めるようにします」

「……………」

久能が何ともいえない表情で黙り込んでしまい、由乃も平然とした顔で前を見る。

彼がこちらに対して思うところがあるのは明白だが、コネ入社もこれまで就労経験がないことも事実であるため、由乃にはどうしようもない。

ならばこれから努力を重ね、一人前になった自分を見てもらうしかないのだ。少なくとも今こうして由乃から面と向かって指摘された以上、久能は今後こちらに退職を迫ったり、他の社員とは違う態度を取れないに違いない。

（現状を変えていけるのは、自分しかいない。だったらわたしは精一杯ポジティブに振る舞って、息苦しさを払拭していかないと）

そう気持ちを切り替え、由乃は彼に問いかける。

「今日これから伺う高辻さんは、どのくらいのおつきあいなんですか？」

「久能百貨店自体とは先々代からのつきあいで長く、俺が担当するようになってからは二年だ。その前は別の外商部員が担当していたが、病気で退職することになって俺が引き継いだ」

久能がこちらをチラリと見やり、言葉を続ける。

「お客さまとの商談中は、口を挟まないでくれ。君はまだ接客できる段階ではないし、先輩社員のやり方を見て学ぶ時期だ。もし向こうから話しかけられた場合は丁寧に、笑顔で返事をすること。しかし過剰な雑談などは控えてくれると助かる」

「わかりました」

＊＊＊

目的地に向かう首都高速道路は、ひどく混んでいる。

シートベルトをして助手席に座る鷺沢由乃は、背すじが伸びていて姿勢がよかった。その物腰からは育ちのよさを如実に感じさせ、久能隼人は苦々しい思いを押し殺す。

（まさか彼女に、言質を取られてしまうとはな。でも「他の人間への態度と違う」と指摘されて言い返せなかったのは、俺の中に鷺沢の配属に納得できない部分が確かにあったからだ。我ながら情けない）

普段の久能は、他の社員に対して居丈高な言い方をしない。

むしろ〝社長の息子〟という立場に慢心せず、常に己を律して理性的な対応を心掛けてきた。だが一週間前に中途採用で入ってきた鷺沢由乃にだけは、複雑な気持ちを抱いている。

（外商は優良顧客を相手にする都合上、幅広い商品知識と高い接客スキルが求められる。誰もが他部署からの叩き上げでここまで来ているのに、縁故採用など許せるわけがない）

しかも鷺沢家は、ついこのあいだまで久能百貨店の外商顧客だった。

だが当主の辰彦が地方都市の再開発に絡む汚職事件で逮捕され、その後に突然死したことで事情が変わった。

贈賄の原資が会社の金だったこと、それ以外にも多額の私的流用が発覚したために屋敷を差し押さえられたといい、弔問に訪れた友重は経済的な問題を理由に「久能百貨店とのつきあいは、ここまでになる」と告げられたという。

これから働くつもりだという令嬢に同情した彼は、外商部への採用を久能百貨店の社長である孝志に持ちかけた。すると孝志は「長年に亘って優良顧客だった鷺沢家の令嬢が困っているのを見るのは、忍びない」として、正規の面接を経た上で社内基準に則った採用をするのを許可したという。

それを聞かされた久能は、ひどく不快になった。大企業の社長を父に持つという点でいえば、自分と鷺沢由乃は同じだ。しかし久能は「御曹司だから特別扱いをされている」という陰口を叩かれぬよう、常に努力してきた。

だが彼女は与えられたチャンスにこれ幸いと乗っかり、他の社員たちが経てきたプロセスを飛ばして現在のポジションに収まっている。

せめて他部署での経験があれば印象が違ったがそんなことはなく、お膳立てされた環境に甘えている鷺沢に久能は強い反発心を抱いていた。そうした考えが、おのずと態度に出ていたのだろう。彼女に仕事の指示をする久能の口調は愛想がなく淡々としており、鷺沢は戸惑いをおぼえたようだった。

先ほど「他の社員への態度と違うのはなぜですか」と直接聞かれたときは虚を衝かれ、何とかもっともらしい返答をしたものの、驚いたのはそのあとだ。彼女は「一方的に過敏になっていたみたいで、すみません」「これからは久能さんの態度を悪いように解釈せず、前向きに受け止めるようにします」と言ってニッコリ笑い、それを聞いた瞬間、久能は「やられた」と思った。

(あんな言い方をされたら、今後彼女に冷たい態度は取れない。お嬢さま育ちで打たれ弱い性格かと思いきや、笑顔であんな切り返しができるのか)

どうやらすぐに仕事を辞める気はないようで、久能は鷺沢への印象を改める。

それだけではなく、正面から冷淡な態度を指摘されたことに反省の気持ちがこみ上げていた。

外商部のマネージャーという立場、しかも友重から教育係を任されたにもかかわらずパワハラまがいのことをしてしまった自分は、上司失格だ。むしろ鷺沢が笑顔で流してくれたことに、感謝するべきかもしれない。

そう考えながら車を運転した久能は、やがて三田にある客先に到着する。高辻家は長い歴史を持つ大地主で、都内で不動産業を営む資産家だ。久能百貨店とのつきあいは古く、先々代の頃から定期的に自宅を訪れている。

車を降りた久能は、鷺沢に向かって言った。

「客先の建物に入る前にまずすることは、身だしなみのチェックだ。ワイシャツやスーツ、髪に乱れがないかを確認し、コートを着用している場合は事前に脱いできれいに畳み、腕に掛ける」

第一印象がとても大切なため、玄関に入った瞬間から気が抜けない。

雨天の場合は事前にタオルなどを持参し、鞄(かばん)についた水滴を拭いておくことも重要だ。靴は進行方向の位置で脱ぐが、決して足だけで動きを終わらせてはならず、腰をわずかに屈めて踵に手を当てるようにする。

そう鷺沢に告げた久能は、手鏡で身だしなみを確認し、立派な門扉のインターホンを押した。すると家政婦が「はい」と応答し、モニターカメラを見つめてゆっくりと丁寧な口調で告げる。

「久能百貨店の外商部、久能と申します。奥さまとお約束があり、お伺いいたしました」

しばらくして門扉が開かれ、建物内に入った久能はダレスバッグの持ち手を両手で持ち、背すじを伸ばして「失礼いたします」と挨拶する。

そして広々とした玄関で靴を脱ぐと、敷居に上がってから靴の爪先を玄関ドアに向けて隅に置いた。一部始終を見られているという意識のもと、一連の動きはスムーズかつ洗練されていなくてはならない。

リビングに通されてしばらくすると、高辻夫人が姿を現した。

「久能さん、いらっしゃい」

「高辻さま、お邪魔いたしております」

久能が立ち上がって挨拶し、隣で鷺沢もそれに倣う。いつもは見ない人物に夫人が問うような視線を向けてきて、久能は紹介した。

「こちらは弊社の外商部の新人、鷺沢です。本日は研修のために同行しました」

「初めまして、鷺沢由乃と申します。どうぞよろしくお願いいたします」

鷺沢が両手で差し出した名刺を、夫人が受け取って眺める。そして鷹揚(おうよう)に微笑んで言った。

「そう、新人さんなのね。外商になるだなんて、覚えることが多いし大変なのではなくて？」

「奥さまのおっしゃるとおり、さまざまな分野の商品知識を身に着けるのは大変です。ですがお客さまと密接に関わることできますので、とてもやりがいのある仕事だと思っております」

鷺沢が浮かべた微笑みは感じがよく、話すスピードや口調には丁寧さがにじみ出ていて、久能は内心「接客態度はまずまずだな」と評価する。

席に着き、しばし雑談に興じた。そして家政婦がお茶を出し終えたタイミングで、自然な形で商談に入る。

「本日ご紹介する商品は、弊社のオリジナル宝飾ブランドであるレクス・ダイヤモンドの新商品になります。どこよりも先駆けて高辻さまにお見せいたしたく、お持ちいたしました」

外商部員は顧客のお気に入りのショップを把握し、カタログや商品を持参して顧客を訪問する。

つきあいの長さに比例しておのずと家族ぐるみの顧客となるものだが、例えば誰かの誕生日だったり、子どもの進学が決まったりといった情報を、会話の中からさりげなく引き出すトークスキルも必要になる。

高辻夫人は無類のジュエリー好きで、久能百貨店以外からも複数の店舗からアクセサリーを頻繁に購入しているのは把握していた。そして二十歳になったばかりの娘が改まったパーティーで身に着けるにふさわしいものを探していることも、これまでの会話からわかっている。

久能はまずタブレットで商品の情報を提示し、説明をした。そして夫人の興味を高めたところで手に白手袋を嵌め、ダレスバッグを開けて実物を取り出す。

「こちらが実際の商品です。まずはネックレスですが、中石は0．7カラットのオーバルカット、Dカラー、クラリティはVS2……」

実物を前にすると、高辻夫人の目つきが明らかに変わる。

久能がにこやかに「どうぞ、お手に取ってご覧ください」と促すと、彼女はネックレスを手にして言った。

「素敵ね。デザインに可愛（かわい）らしさもあって」

「はい。もしお嬢さまがお着けになる場合、年齢的にあまり石が大きすぎると悪目立ちしてしまいますので、0．7カラットくらいがちょうどよいかと」

　するとそのとき二十歳前後の若い女性がリビングに入ってきて、久能の顔を見ると笑顔で言う。

「久能さん、来てたの？　いらっしゃい」

「菜穂子(なほこ)お嬢さま、お邪魔いたしております」

　ブランド物のワンピースに身を包んだ令嬢は闊達(かったつ)な雰囲気で、いつも明るく接してくれている。

　彼女は久能が持参したネックレスを見ると、目を輝かせて言った。

「えー、可愛い。これ、久能さんが私のためにわざわざ持ってきてくれたんでしょう？　買ってよ、ママ」

「あなたね、そんな簡単に言うけれど、お値段はかなりのものよ」

　確かに紹介した商品はかなりの高額になるが、ここからが腕の見せ所だ。久能はネックレスを手に取り、微笑んで提案する。

「せっかくですので、一度着けてみてはいかがでしょうか。失礼いたします」

　立ち上がった久能は菜穂子の後ろに回り込み、白手袋を嵌めた手でそっと肩に掛かる髪を掻(か)き分けると、ネックレスを装着する。

そしてバッグの中から取り出した手鏡を渡し、彼女の顔を映して告げた。

「大変よくお似合いです。お嬢さまのはっきりしたお顔立ちを、ダイヤの輝きが引き立てております。デザインは上品かつ華やかで、イミテーションでは出せないこの存在感は、パーティーシーンで必ず周囲の方々の目を引くことでしょう」

鏡越しに久能と目が合った菜穂子が、こちらを意識してじんわりと頬を赤らめる。普段から容姿を褒められることが多い久能は、自分が女性からどういうふうに見られているかを熟知していた。令嬢に向かって微笑んだ久能は高辻夫人に向き直り、もうひとつのビロードの箱を取り出して言う。

「実は今日、奥さまにお似合いになる商品もお持ちしております。こちらです」

一時間ほどの商談のあいだ、久能の隣に座る鷺沢は無駄口を叩かずにせっせとメモを取っていた。やがて夫人が、笑って言う。

「本当に久能さんは、勧めるのがお上手ね。こちらのネックレスと指輪、両方をいただくわ」

「ありがとうございます」

総額四〇〇〇万円を超える売上に満足しつつ、久能は涼しい顔で伝票に必要事項を記入し、夫人のサインをもらう。

するとその様子を横で見ていた菜穂子が、ふいに久能に話しかけてきた。

「私、パーティーに着ていくドレスが欲しいの。百貨店で自分で見て選びたいから、久能さんがアテンドしてくれない？」

「あら、だったら私も一緒に行くわよ。久しぶりに店内を見たいし」

すかさず夫人がそう言ったものの、彼女は頬を膨らませて答える。

「えー、駄目よ、私は久能さんと二人きりでお買い物したいんだから。ママは邪魔」

娘の明け透けな言い様に、夫人が「んまあ」と呆れたようにつぶやいたものの、久能はニッコリ笑って答える。

「お嬢さまのお買い物におつきあいできて、光栄です。喜んでお供させていただきます」

顧客が百貨店に来店した際、買い物に同行してアドバイスをするのは外商にとって大切な仕事だ。

手帳を開いてスケジュールを確認した久能は、アテンドする日時を菜穂子と擦り合わせる。そして重いダレスバッグを手に取り、玄関先で丁寧に頭を下げた。

「それでは、お嬢さまのご来店をお待ちしております。本日はお邪魔いたしました」

「ご苦労さま」

屋敷を出てドアを閉めると、安堵の息が漏れた。

自分の車に乗り込んでエンジンをかけた久能は、助手席に座る鷺沢を見やって問いかける。

「さっきの商談を見て、どう思った？」

「四〇〇〇万円超えの商談を短時間でまとめられていて、すごいと思いました。わたしはかつて高辻さまと同じ〝顧客〟という立場でしたので、そういう目線から言わせていただくと、久能さんの商品の説明は過不足なく丁寧でしたし、お勧めする態度にも嫌みがなく、よかったと思います」

それを聞いた久能は、ふと「ああいう客先での商談の雰囲気に慣れているのは、彼女にとって有利かもしれない」と考える。

場数を踏んでいない新人の外商は、顧客の住まいである大豪邸の雰囲気に圧倒されたり、高額商品に気後れして押しきれなかったりと、最初はなかなか上手くいかないものだ。しかし鷺沢は元お嬢さまという境遇のため、豪邸や富裕層の人間を前にしてもひどく落ち着いている。

（……もしかしたら、外商に向いているのかもしれないな）

そんなふうに考えながらエンジンをかけた久能は、ハンドルを回して緩やかに車を発進させながら告げた。

「鷺沢。――俺は君の教育係だから、これから徹底的に鍛えるぞ」

「えっ？」

「一人前の外商になるには数年の月日が必要だと言われるが、努力によってそれを短縮するのは可能だ。現に俺は転属して四年になるが、配属されて半年後には多くの顧客を持ち、以後部署内で毎月トップ3に入る売上を叩き出してる」

「…………」

「鷺沢はさっき俺に、『外商の仕事に真剣に取り組むつもりでいる』と語った。だが君が他部署を経験していない縁故採用であることを、快く思っていない者もいるんだ。俺も同じ境遇だったからわかるが、そうした周囲の目を跳ねのけるためには、実力をつけるしかないと思う」

それを聞いた鷺沢が神妙な表情になり、「はい」とつぶやいた。久能は言葉を続ける。

「今後はできるかぎり俺の商談に同行してもらうが、終わったらレポートを作成してもらう。〝もし自分がその顧客の担当なら、次にどんな商品を提案するか〟という、詳細なアウトプットを行うんだ。期日はその日の終業まで。できるか」

すると彼女がぐっと表情を引き締め、頷いた。

「はい。――わかりました」

第二章

百貨店外商の仕事は、かなり多忙だ。

出勤するとまずは事務仕事をこなしつつ客のアポイントメントを取るため、オフィスにいるときは電話をしていることが多い。その傍ら、代わる代わるやって来るブランドショップや宝飾品、布団、絵画などの売場担当の対応をする。

百貨店の売上の大半は高級品の販売で成り立っており、その購買層の窓口となる外商部員は売場にとっても恰好（かっこう）のターゲットらしく、売場担当はおのずと特定の部員のところに集まる。成績上位者は、購入額の高い顧客を抱えているからだ。

外商は興味を引く商品があれば売場担当に詳しく話を聞き、現物を見せてもらった上で客先に同行することもあった。久能と彼らのやり取りを眺めながら、由乃は感心して息をつく。

（久能さん、とにかく商品知識がすごい。ラグジュアリーブランドの創業年や、デザイナーが交代した時期、コレクションがリリースされた年とかが全部頭に入ってるんだもん。ファッションだけじゃなく、時計や絵画、宝飾品まで幅広い知識があって、

本当にプロの外商さんなんだ）

暦は八月に入ったところで、由乃が久能百貨店に入社して二ヵ月が経とうとしている。

相変わらず部署内では一番下の立場で、アシスタントという身分だ。他の社員たちから申しつけられた雑務をこなしながら自身の勉強をし、久能の外回りに同行する。

そうする中でわかってきたのは、彼がいかにすごい人物かということだった。外商部に来て四年目だという久能は、顧客の趣味嗜好、飲食や観光地の好みまでしっかり分析し、〝ここまですれば充分〟ではなく、〝他に何ができるか〟という一歩進んだ気配りを心掛けている。

客のどんな用件にも丁寧に向き合い、「お応えしたい」という誠意を前面に押し出して連絡を密にする一方、信頼できる業者や職人と誼を通じて人脈を構築し、あらゆる事態に対応できるよう気を配っていた。

彼の一ヵ月の売上はゆうに二〇〇〇万円を超え、部署内でトップになることもしばしばだ。それでいて社長令息という立場をひけらかすことなく、謙虚に振る舞っている。

久能について語るときに外せないのは、その端正な容姿だった。スーツが映えるスラリとした長身、長い手足に加え、涼やかな目元ときれいに通った鼻筋、薄い唇が構成する整った顔立ちに女性は一目で惹きつけられる。

物腰は穏やかで、丁寧な口調と低い美声は彼が持つ生来のノーブルさを引き立て、いかにも貴公子然とした雰囲気を醸し出していた。顧客と家族ぐるみのつきあいをするため、外商は食事に誘われることもしばしばだ。久能は富裕層の夫人たちに絶大な人気があり、彼女たちをエスコートする姿も様になっていて、つくづく何をしても絵になる男だと感じた。

そんな彼の下で鍛えられるようになって二ヵ月、由乃は何とか仕事を続けていた。ほぼ毎日久能と顧客の商談に同席し、〝自分がその顧客の担当なら、次にどんな商品を勧めるか〟をアウトプットするのは、大変な作業だ。

商品の価格や品質、ブランドの成り立ちや機能性までを調べ、かつ客の現況や嗜好なども鑑みながら提案するのは難しく、当初はレポートをまとめて久能に提出すると、にべもなく却下された。

『お客さまのニーズの分析が甘い。やり直し』

『やみくもに高額商品を勧めればいいというわけではなく、動機づけが必要だ。自然に商談に持っていくためのストーリーを考えろ』

〝レポートの提出は原則その日の終業まで〟というのは、実際に外商として動いた場合、対応にスピード感が求められるかららしい。

顧客の求めにはなるべく早く応えるというのが久能のモットーだからだが、新人で営業未経験の由乃にはかなりハードだ。それでも、一ヵ月が経つ頃には少しずつ褒められることが増え、何とか仕事をこなしている。

そのとき彼が「鷺沢」と呼びかけてきて、由乃はドキリとして顔を上げた。

「はい！」

「今日は伊調さまのお宅に、墨と筆を届けに行く。午前十時に出るから」

「わかりました」

そんな久能の傍には、ショップの売場担当がまだ数人いる。

百貨店の売場に出る従業員は女性が占める割合が高く、彼の元に詣でてくるのも女性が多い。彼女たちは店舗内で責任あるポジションに就いており、かつ人前に出るだけあってメイクや身だしなみがばっちりだ。

久能に話しかける様子は熱心で、それを見る由乃の心がかすかにざわめいた。

（もう、集中しないと。あまり久能さんばかり見ていたら、変なふうに思われちゃう）

ここ最近の自分はおかしい――と、由乃は考える。

入社したての頃はこちらに対して冷ややかだった彼は、一度正面きってその理由を問い質して以降、少し丸くなった。

素が淡々としているというのはどうやら本当のようで、由乃に対する口調はさほど変わらないものの、きちんと上司として向き合ってくれる気になったのは目つきでわかる。

実際あれからの久能は、外商の仕事内容や由乃が提出したレポートの評価を真剣に話してくれるようになり、言葉の端々から感じるプロフェッショナルな姿勢に日々尊敬の念が高まっていた。

（……問題は、わたしの気持ちがそれだけではないところなんだよね）

小さく息をついた由乃は彼から視線をそらし、手元の仕事に集中する。

その日、久能の外回りに同行した由乃は、いつもどおり脇に控えて商談の様子を細かくメモした。伊調家は代々病院を営む家系で、自宅はまるでビルのような大豪邸だ。経営を息子に譲って悠々自適の隠居生活をしているという先代当主が、商談の終盤になって「ところで」と言った。

「久能くん、前回来たときに私が言ったことを覚えているかな」

「申し訳ありません、どの件でしょうか」

「見合いの件だ」

伊調の口から出た言葉に驚き、由乃は思わず肩を揺らす。彼がニコニコとして言った。

「私の孫娘が去年大学を卒業したのは、覚えているだろう？　今は花嫁修業として料理教室やマナースクールに通っているんだが、気立てのいい子でね。卒業祝いに贈った時計を見立ててくれたのが君で、久能百貨店の御曹司であることや人となりを話したところ、『会ってみたい』と言っているんだ。年齢的にも釣り合うし、どうだろう」

伊調の言葉を聞いた由乃は、何ともいえない気持ちになる。

久能がこうして商談中に見合いを持ちかけられるのは、実は初めてではない。顧客が自分の娘や親戚などを縁談相手として勧めてくる理由は、おそらく彼が久能百貨店の御曹司という身分であることも多分にあるのだろう。

（明治時代から続く老舗百貨店の跡取り息子なんだから、家柄は申し分ないよね。それに久能さんはこの容姿だもの、周囲が放っておくわけない）

久能は一体、どう答えるつもりなのだろう。由乃がそう考えていると、彼がニッコリ笑って伊調を見る。

「私には大変勿体ないお話です。お孫さんの桜子さまは、音大のピアノ科を卒業されたのでしたね」

「ああ、そうだ」

「私は現在の部署に転属して四年、外商としてはまだまだ経験が浅く、研鑽を積まなければなりません。いわば修行中の身である上、恥ずかしながら音楽に関しては門外漢でございますので、そのように無粋な人間より桜子さまにはもっといいご縁があるかと存じます」

爽やかに、だがはっきりと断る久能を見つめ、伊調が意外そうに眉を上げる。やがて彼は、苦笑して言った。

「確かに君は外商となってまだ四年だが、トップクラスの売上があると聞いている。家柄だけでも充分桜子の夫にふさわしいと思うがな」

「恐れ入ります」

「まあいい。そのうち気が変わったら、いつでも言ってくれ。見合いの席を設けさせる」

何とか険悪にならずに場が収まり、由乃はホッと胸を撫で下ろした。

その日、伊調は書道に使う墨と最高級の熊野筆、和装のときに持ち歩く信玄袋、そして五大シャトーのフランスヴィンテージワインなどを購入し、総額九〇万ほどの売上になった。

伝票を切って伊調家を丁寧に辞した久能が、外に出て小さく息をつく。彼のあとをついて歩き、車に乗り込んだ由乃は遠慮がちに声をかけた。

「お疲れさまです」

「ああ」

客の前では終始にこやかな笑みを浮かべている久能だが、こうして車に乗り込むと温度の低い素の表情になる。

横から見たその顔は高い鼻梁やシャープな輪郭、シャツの襟(えり)から覗(のぞ)く喉仏までのラインがきれいで、男らしい色気があった。車のハンドルを握る手は大きく節ばっていて、ハイブランドの腕時計がよく似合っている。

（……やっぱり素敵なんだよね）

久能百貨店に入社して二ヵ月、由乃は少しずつ彼を一人の男性として意識するようになっていた。

初めは冷ややかな態度を取られて落ち込んだりもしたが、こちらへの認識を改めてからは棘(とげ)がなくなり、部下である自分が早く一人前になれるよう親身になってくれているのを感じる。

そんな久能を見てドキドキするようになったのは、入社して一ヵ月が経った頃だ。動揺し、思わず同居する埜口に相談したところ、彼女は缶ビールを飲みながら言った。

『それってたぶん、恋なんじゃないですか？　前から気になってたんですけど、由乃さんって恋愛経験はあるんですか』

彼女の問いかけに、由乃はしどろもどろになって答えた。

『恋愛経験は……全然ないの。昔から、親が決めた相手とお見合いをして結婚するんだと思っていたし、実際に荻原さんと婚約もしてたし』

『その元婚約者のことは、好きだったんですか？』

婚約者だった荻原陸斗(りくと)は、銀行頭取の息子だ。

大手ゼネコンを営む鷺沢家とは仕事を通して密接な関係があり、両家の話し合いで決まった婚約だった。由乃より三歳年上の陸斗は優しげな顔立ちの持ち主で、婚約して三ヵ月間、彼との関係は穏やかだった。

週に一、二度待ち合わせて映画や食事に行き、それと並行して結婚の準備を進めていたものの、異性として好きかと言われるとそんなことはなく、せいぜい友人程度にしか思えなかった。

由乃がそう答えると、埜口が「なるほど」と言って再び缶ビールに口をつけた。

『じゃあ、その上司が初恋ってわけですね。いいじゃないですか』

『いいって……』

『由乃さんはもう婚約を解消していてフリーなんだから、恋愛は自由ですよ。むしろ好きな人がいたほうが、日常生活に張りが出ると思いません？』

これまでは資産家の家に生まれた者として、自由に恋愛するのを具体的に考えてはいなかった。

そのため、埜口の発言はとても新鮮だったが、楽しいかと言われればそんなことはない。プライベートで久能に話しかける勇気はなく、外回りの車中の会話は仕事に関する話題で一貫している。

朝は彼に群がるきれいな売場担当の女性社員たちにやきもきし、そんな自分が嫌になっていた。

（仕事で一人前じゃないわたしがこんなふうに考えてるって知ったら、きっと久能さんは呆れるよね。……ああ、何だか落ち込んできた）

そんなことを考えていると、「……沢、鷺沢？」と呼びかけられているのに気づき、由乃は急いで返事をする。

「は、はい！」

「どうした、さっきから浮かない顔で黙り込んで。もしかして体調でも悪いのか」

久能に気遣われ、由乃は慌てて首を横に振って答えた。

「そんなことはありません。ただ、毎回客先できっちり売り上げている久能さんと比べて、わたしは全然駄目だなって」

「キャリアが違うんだから、それは仕方ないだろう。そういえば今夜、香芝製薬の社長に食事に誘われているんだが、君も行くか？」

「えっ」

「いわゆる接待だけど、今まで同行したことがないと思って」

香芝製薬の社長は先月代替わりしたばかりで、久能が祝いの品を贈ったところ大層喜び、「食事でも一緒にどうか」と誘われたらしい。

かくして午後六時、由乃は久能と赤坂の料亭にいた。六十代の香芝夫妻はとても優しい人たちで、新人でまだ若い由乃を「お酒は飲める？」「もし苦手なら、ウーロン茶でも頼もうか」と気遣ってくれた。

だがそんな彼らが自分の差し出した名刺を見た瞬間、ふと引っかかりをおぼえた様子だったのを由乃は見逃さなかった。

（もしかすると、香芝夫妻はわたしが贈賄事件を起こしたお父さんの娘だって気づいたのかもしれない。何しろあの事件は、新聞やニュースで大きく報道されたから）

むしろ面と向かって何か言われないだけ、ましなのだろうか。

職業的にさまざまな人間と会う特性上、今後もこうしたことがあるのは充分考えられる。起きてしまった事実は変えられないのだから、過剰に気にしないほうがいいのかもしれない。

そんなふうに結論づけ、由乃は香芝夫妻に不快感を抱かせぬよう精一杯普通の顔で振る舞った。だが鱧（はも）や鮎（あゆ）といった夏らしい食材の日本料理は素晴らしかったものの、そうしたことを考えていたせいかあまり味は堪能できなかった。

やがて会食が終わり、店の前で迎えの車に乗って帰っていく夫妻を見送った由乃は、ホッと安堵の息を漏らす。日中に三十三度まで気温が上がったせいで、外は午後八時になっても蒸し暑い空気に満ちていた。

遠ざかっていく車の赤いテールランプを見つめながら、久能が問いかけてくる。

「お疲れさま。どうだった、初接待は」

「香芝さまご夫妻が優しい方たちで、ホッとしました」

そんな由乃の感想を聞いた彼が、笑って答える。

「君はああいう場でのマナーがしっかりしているから、安心して見ていられるな。普通の新人だと、いつ粗相をするかと内心気が気じゃないんだ」

「そうなんですか？」

「ああ」

先ほど日本酒を飲んだせいで、由乃はほろ酔いな気分だった。

スマートフォンを取り出してルート検索を始めると、彼がこちらを見下ろして問いかけてくる。

「何を調べてるんだ？」

「ここからアパートまで帰るルートです。まだ公共交通機関を使うのに慣れていないので、こうしていちいち調べないとわからなくて」

どうやら西落合にある自宅まで帰るには、ここから八分ほど歩いて地下鉄に乗らなければならないらしい。顔を上げた由乃は、久能に向かって言った。

「わたしは地下鉄で帰りますので、ここで。お疲れさまでした」

「待て。明日は土曜だし、よかったらこれから飲みに行かないか？」

思いがけない誘いに、由乃は「えっ」と言って彼を見つめる。久能が言葉を続けた。

「これまで鷺沢とはじっくり話したことがなかったたし、いい機会だろう。それとも、これから何か用事でもあるか」

「あ、ありませんけど」

「じゃあ、決まりだな」

彼がスタスタと歩き出し、由乃は慌ててそれを追う。そして自分より頭ひとつ分高い久能の後頭部を見上げ、問いかけた。

「久能さん、飲むって一体どこで……」

「すぐ近くだ」

彼の言うとおり、目的の店は料亭から徒歩三分ほどのところのビル内にあった。

薄暗い店内には有名建築家デザインのソファやインテリアが置かれ、ジャズが流れていてとてもムーディーだ。客入りは五割ほどで、カウンターに座った由乃は感心してつぶやく。

「こんな素敵なお店を知ってるんですね」

「仕事の一環だ。顧客に『日本料理の店を手配してくれないか』と言われたら予約をするし、『そのあと、バーで軽く飲みたい』と言われても大丈夫なように、いくつか周辺の店をピックアップしておく。時間があるときに実際に自分で足を運んで、店の雰囲気や価格帯を把握してるんだ。そうやって調べたところが、都内のあちこちにある」

「……そうなんですね」

外商は顧客から相談されればどんなことでも応えるのをモットーとしており、自身の顔の広さが物を言う。

旅行の手配や冠婚葬祭の手伝い、引っ越しの際の家具や日用品の手配、新居のコーディネートまで、何でもやるというのが当たり前らしい。

久能がスコッチのロックをオーダーし、由乃の前にはスペアミントの緑が鮮やかなモヒートが置かれた。グラスを触れ合わせて乾杯し、中身を一口飲んだ彼が、「ところで」と言ってこちらを見る。

「最近、よく頑張ってるな。俺と同行した外回りのあとにまとめるレポート、なかなか目のつけ所がいいし、観察眼も培われてきてる。顧客が着ている服のブランドやアクセサリーから好みの傾向を把握し、次に提案するものをあえて少し変えたりと、セオリーどおりではないアレンジに企画力を感じるよ。おそらく元々あちら側の暮らしを知っているからこそ、顧客に近い感覚で提案できるんだろう。それは結構な強みだ」

思いがけず褒められ、由乃はじわりと頬を染める。そして信じられない気持ちでつぶやいた。

「まさかそんなふうに言っていただけるなんて、思ってもみませんでした。最初に会ったときから、久能さんはわたしを腰掛けで仕事をしていると考えていたようなので」

「最初はな。元お嬢さまで縁故採用なんて、きっと外商の仕事を嘗めてるんだろうと思ってた。でも鷺沢は言われたことを丁寧にこなしているし、早く仕事を覚えようと頑張っているのが伝わってくる」

久能がグラスを置き、謝ってきた。

「入社した当時、君に冷たい態度を取って悪かった。先入観に捉われて鷺沢自身の資質を見なかったのは、上司としてあるまじき対応だ。許してほしい」

「あ、あの、謝らないでください」

由乃は慌てて彼を押し留め、言葉を続ける。

「久能さんがそう思うのは、当然です。わたしはコネ入社で外商部に配属されたんですから、周りから狡いと思われるのは当たり前ですし。だから気にしてません」

まさか面と向かって謝られるとは思わず、由乃は困惑していた。

もしかすると、こうして飲みに誘ってくれたのは過去の自身の対応を謝りたかったからだろうか。そう思うと胸がきゅうっとし、彼への好感が増す気がする。

「鷺沢が入ってきた当初は他の社員たちも俺と同じような印象を抱いていたようだが、この二ヵ月でそれも変化したみたいだ。君の仕事が丁寧で、一生懸命さが伝わってくるからだろうな」

「……そんな」

確かに先輩社員たちの態度は、近頃フレンドリーになった。

館内の売場店員たちにも顔見知りが増え、商品の調達に回るときに話しかけてくれる人が増えたように思う。

手元のモヒートを飲むと、じんわりとアルコールが染み渡っていく感じがした。グラスの中の瑞々(みずみず)しいミントを見つめながら、由乃はつぶやいた。

「まさか久能さんにそう言ってもらえると思っていなかったので、うれしいです。……この二ヵ月間は、必死だったので」

「………」

「わたしがどうして働くことになったのか、久能さんはご存じなんですよね？」

「ああ。鷺沢の入社が決まったときに事の経緯を友重部長に聞かされたのもあるが、それ以前にニュースを見て鷺沢建設が絡む贈賄事件について知っていた」

由乃は手の中に酒のグラスを包み込み、語り始めた。

「わたしは鷺沢家の一人娘として生まれて、ずっと何不自由ない生活を送ってきました。家には家政婦さんが三人いて、身の回りのことはすべてしてもらっていましたし、幼い頃からいくつも習い事をして親の決めた婚約者と結婚する予定だったんです。でも、父の逮捕をきっかけにそれらがすべてなくなりました」

最初に事件について聞かされたときは、信じられなかった。

だが辰彦が逮捕されて二十日間自宅に帰ってこなかったことや、日々加熱する報道でじわじわと実感が湧き、やがて二ヵ月後に裁判で有罪判決を受けたときは目の前が真っ暗になった。

彼は鷺沢建設の社長を解任され、専務だった叔父の公彦(きみひこ)が昇格して後を継いだ。そのあいだ、社内調査で辰彦が会社の資金を私的流用していたことが明らかになり、贈賄事件の賠償も相まってかなりの金額になることが知らされた。

「父が倒れたのは、そんなときです。自宅で突然胸を押さえて倒れて、すぐに救急搬送されましたが、二日後に息を引き取りました」

辰彦が亡くなったショックも冷めやらない中、自宅の差し押さえ通知が届き、由乃と母の静香は途方に暮れた。

幸いにも母方の伯父が何かと力になってくれたものの、生まれ育った屋敷を出ていくのは避けられなかった。

「父の事件があってから、わたしの周りにいた人たちはこぞって手のひらを返しました。親戚は火の粉を被りたくなかったのか、母方の伯父以外は皆そっぽを向いて連絡がつかなくなりましたし、友人も同様です。そして婚約者側からも、『辰彦氏が突然お亡くなりになり、そちらはさぞ混乱されているとお察しする』『つきましては、婚約を一旦保留にするのはいかがか』というお手紙が来て、事実上の婚約破棄だと受け止めました。結局こちらから結婚を辞退したい旨を伝え、婚約は解消となりました」

本来なら慰謝料を支払うべきだったが、それは先方の温情で請求されないことになった。

図らずも家と婚約者のしがらみから解き放たれた由乃は、これを機会に独り立ちしようと決め、屋敷で家政婦をしてくれていた埜口久美子とルームシェアを始めた。

「短期間で一気に環境が変わって、戸惑いや不安がなかったと言ったら嘘になります。でも、これからも生きていかなきゃいけないんですよね」

「…………」

「今までは父が守ってくれていましたけど、もうその庇護はないんですから、自分で何とかしないとって考えていました。そんなとき、うちに外商として出入りしていた友重部長に『お仕事をご紹介できるかもしれません』って言われたんです。それが外商部へのお誘いで、ありがたいお話だと思ってお受けしました」

するとそれを聞いた久能が「そうか」と言って、こちらを見た。

「資産家の家で生まれ育ったのに、いきなり世間の荒波に放り投げられて苦労しただろう。確かにまったく馴染みのない職に就くより、多少なりとも業務内容がわかっていて、しかも知っている人間がいるところのほうが安心できる」

「はい。こうして働いてみると、公共交通機関の乗り方がわからなかったり、他の人が難なくできることができなかったり、そうした世間知らずな部分が身に染みて、自分が本当に狭い世界で生きていたんだなってことがよくわかります。だからわたしは、人一倍努力しないといけません」

気がつけば自分語りをしてしまっていた由乃は、ふと久能が呆れていないか心配になる。

しかし彼にはまったくそんな様子がなく、自身のグラスを揺らしながら問いかけてきた。

「屋敷の家政婦だった人と同居してると言っていたが、気まずくはないのか？」

「彼女は家にいた家政婦さんたちの中ではわたしと一番年齢が近くて、元々親しくしていたんです。同居は彼女のほうから厚意で申し出てくれ、今は対等な友人のようになっています。家事のプロですから、掃除やお料理を教えてもらったり」

「へえ」

　こうして久能と話すのが初めてで、由乃は次第に楽しくなってくる。

　もしかしたら酔いが回っているせいで気が大きくなっているのかもしれないが、「こんな機会は二度とないかもしれない」と思うとこの時間が得がたいものに感じ、彼に向かって問いかけた。

「久能さんは、どうして外商になろうと思ったんですか？」

「俺は百貨店を営む家に生まれて、大学卒業後に入社するのは当たり前だと考えてた。紳士服と時計売場を経験したあとに外商部に転属願を出したのは、もちろん営業マンとしてのやりがいが第一だけど、実は曾祖父が描いた絵を探しているのも大きな理由だ」

「絵、ですか？」

　聞けばその絵は、久能の曾祖母・芙美子の若い頃の姿を描いたものだという。

　富裕層の誰かが持っているという噂があり、そうした情報が入るかもしれないと考えたのも、外商になった理由のひとつらしい。

「俺の曾祖父は安曇典靖という画家で、戦後の洋画家として名を馳せ、亡くなって十二年が経つ。曾祖母はまだ存命だが、自分が描かれた絵をことのほか気に入っていたようで、俺は昔から何度もその話を聞かされてきた」

現在九十六歳だという芙美子は高齢のため、次第に身体が弱ってきているらしい。幸い記憶力はしっかりしており、「夫が描いた絵を見られないことだけが心残りだ」と語っているのだと聞いた由乃は、同情して言った。

「確かにそんな話を聞いたら、絵を探してあげたくなってしまいますね」

「タイトルは『芍薬と女』で、花瓶に生けられた芍薬と、椅子に座る着物姿の曾祖母が描かれている。写真はこれだ」

久能がスマートフォンを取り出し、ディスプレイをタップして、かつてオークションに出たときの目録から撮影したという写真を見せてくる。

それは革張りの椅子に座る、縞模様の和服を着た美しい女性の絵だった。手前のテーブルには見事な芍薬を生けた花瓶があり、匂いまで漂ってきそうな見事な筆致だ。緻密なグラデーションが織りなす質感と光の再現度が素晴らしく、しばらくその絵を見つめた由乃は、ふと目を瞠ってつぶやいた。

「わたし……この絵を見たことがあるかもしれません」

それを聞いた久能が顔色を変え、勢い込んで問いかけてくる。

「本当か？　一体どこで」

突然距離を詰められ、由乃は「えっ、あの」としどろもどろになる。

「ごめんなさい、今はちょっと記憶があやふやで思い出せません。見覚えがあるような気がするだけで」

「……そうか」

「あの、もし絵を見つけたら、久能さんはどうするつもりなんですか？」

「できれば買い戻したいが、あまりに高価な場合は持ち主に交渉し、一目だけでも曾祖母に見せてやりたいと思ってる」

そう答えた彼は、由乃の顔を覗き込みながら言葉を続けた。

「その場合は、君にもちゃんと礼をするつもりだ。だからどうか思い出してくれないか」

「い、いきなりそんなふうに言われましても」

具体的にどこで見たと断言できるほど確かな記憶ではなく、由乃は久能の食いつきに狼狽(ろうばい)する。ここまで必死になるということは、彼にとって曾祖父の絵は相当大切なものに違いない。

（別に見つかったからといって、お礼なんてしてくれなくてもいいけど。……でも）

ふいに心の中にひとつの願望が浮かび、由乃は動きを止める。

これまで久能に憧れの気持ちを抱いていたものの、それは分不相応だと諦めていた。想いを伝える予定はまったくなかったが、絵が見つかるまでの期間限定なら多少は望んでもいいのではないか。

（久能さんが、受け入れてくれるかどうかはわからない。断られる可能性が大だし、せっかく仕事を認めてもらったばかりなのにこんなことを言ったら軽蔑されてしまうかもしれないけど……）

どうせ叶わぬ想いなら、一度ぶつかってみるのも手だ。

そう結論づけた由乃は顔を上げ、思いきって口を開く。

「久能さんがひいお祖父さまの絵を探したいという気持ちは、よくわかりました。わたしにできることなら何でも協力させていただきます」

「本当か？」

「はい。でもその代わり、わたしのお願いも聞いてもらいたいんです」

彼が「お願い？」とつぶやいて眉を上げ、由乃は頷いて告げる。

「わたしが恋愛するための、練習相手になってほしいんです。本気でつきあうとかではなく、絵が見つかるまでの期間限定で。――どうかお願いします」

＊＊＊

薄暗いバーの店内ではジャズがかかり、柔らかなランプの灯(あか)りが有名建築家デザインの家具を引き立てている。

そんな中、久能は隣に座る鷺沢の発言に驚き、彼女の顔をまじまじと見つめた。

（恋愛の練習相手？　鷺沢は一体、何を言ってるんだ）

たった今、久能は彼女に曾祖父が描いた絵について話したばかりだ。

スマートフォンの中の写真を見た鷺沢は「この絵を見たことがあるかもしれません」とつぶやき、久能は驚いた。

曾祖父の典靖は久能百貨店の社長を二十年務めたあと、五十歳の若さでその地位を息子に譲って洋画家としてデビューした異色の経歴を持つ人物だ。彼は若い頃から画家になる夢を抱いていたものの、百貨店の後継者という立場から逃れられず、趣味で絵を描き続けていたらしい。

昭和期の洋画壇ではその作品が高く評価され、十二年前に亡くなるまで数多くの絵を世に送り出していた。『芍薬と女』は彼が家業である百貨店の仕事をしていた二十一歳の頃、結婚したばかりの妻を描いた作品だ。美貌の若妻と匂い立つような芍薬が描かれた秀作で、画壇デビューするはるか前の作品のため、世間にはほとんど知られていない。

典靖は妻を深く愛しており、画号を彼女の旧姓にしたことからも仲睦まじさが窺える。曾祖母はその絵をとても気に入っていたが、いつしか紛失してしまったと言い、その時期は明らかになっていない。

屋敷の使用人が秘密裏に持ち出した可能性が高いものの、今となってはそれを確かめるすべはなく、手をこまねいていた。

これまで何度かオークションに出品されたことがあるようで、久能のスマートフォンの中にある写真はそのときの目録を撮ったものだ。現在誰の手に渡っているのかは不明で、外商になってから情報を集めてみたところ、富裕層の人間が所持しているという噂があった。

現在九十六歳の曾祖母の芙美子は癌を患っていて、数年前から入退院を繰り返しており、今年に入って医師から余命宣告がされている。残された時間がわずかな彼女に、曾祖父が描いた絵を見せてやりたい。その一心で富裕層に日常的に接する機会がある外商部に所属し、独自に情報を集めてきたが、鷺沢がどこかで見た記憶があるというのは大きな収穫だ。

だがその対価が「恋愛の練習相手になってほしい」というのは、一体どういうことなのか。久能は目まぐるしく考えながら、彼女に問いかける。

「あー、その、話がまったくのみ込めないんだが。どういうことなのか、説明してもらっていいか」

「……っ、言葉のとおりです。久能さんに、練習相手になってほしくて」

「そういうことに、練習も何もないだろう」

にべもない反応に鷺沢がぐっと言葉に詰まり、モソモソと語り始める。

「実は……わたしはこの歳まで、誰ともつきあったことがないんです。昔から両親に『結婚相手は親が決めるものだ』と言われ、実際に一年前にお見合いをして、銀行頭取のご子息と婚約しました」

彼女いわく、親同士が決めた縁談相手は穏やかな人物だったが、恋愛感情は抱けなかったらしい。婚約して三ヵ月、ときどき会って食事をしながら結婚の準備を進めていたものの、父親の贈賄事件で破談となり、それっきりだという。

「婚約期間中は相手の方と手を握ったこともなく、当然それ以上の行為もありませんでした。でもこの歳になってそういう経験がないのって、ちょっとどうかと思うんです。でも婚活をするのは違うというか、今は結婚より仕事を頑張りたい時期なので、そういう結果に繋がるおつきあいがしたいわけではありません」

鷺沢が顔を上げ、思い詰めた表情で言葉を続ける。

「こんな悩み、誰にでも言えるわけではありません。わたしは箱入り娘として育って、他の人に比べて圧倒的に常識や経験値が足りないのを実感しています。できない自分に幻滅したり、自信を失ったり……。そんなわたしに、少しでも協力してもらえませんか？　お願いします！」

彼女が頭を下げてきて、久能は慌ててそれを押し留める。

「待ってくれ。君の気持ちはわかったが、そういうのは無理に経験しなくてもいいんじゃないか？　いつかいい出会いがあれば、おのずとそういうふうになっていくわけだし」

「たとえそういう人と出会っても、どう振る舞っていいかわからずにぎくしゃくして、きっと上手くいかないと思います。それに誰でもいいわけじゃなくて、人間的にしっかりしていて口が堅そうな久能さんだからこそお願いしているんです」

「…………」

「もしわたしのお願いを聞いてくれるなら、ひいお祖父さまの絵を探すのに全面的に協力します。もちろん練習期間を延ばしたいからといって手を抜きませんし、一日も早く見つけられるように努力するつもりです。いわばギブアンドテイクの関係で、それ以上の意味はありません。久能さんが今わたしに仕事を教えてくれているような感覚で、練習台になっていただければと」

久能は目まぐるしく考える。

鷺沢の発言は、荒唐無稽だ。いくら二十四歳という年齢で異性との交際経験がなくても、焦る必要はない。いつかしかるべき相手と出会うまで待っても、まったく構わないと思う。

(異性と交際経験がないというのは、そんなにコンプレックスに感じるようなことかな。鷺沢はいかにもお嬢さまらしい雰囲気できれいな顔をしているから、その気になればすぐにそういう相手ができると思うけど)

すると彼女がふと表情を曇らせ、こちらを見て「あの」と言った。

「もしかして久能さん、他におつきあいされている方がいらっしゃいますか？　もしそうなら、わたし……」

「いや。そういう相手はいない」

久能の答えを聞いた鷺沢がパッと目を輝かせ、安堵したようにつぶやいた。

「よかった。わたし、もしかしたら久能さんの彼女に大変失礼なことを言ってしまったのかもしれないって、心配していたんです。でもそういうお相手がいないのなら、安心しました」

それを聞いた久能は、内心「しまった」と考える。

今現在自分に交際相手がいることにしてそれを理由に断ればよかったのに、つい本音で話してしまった。馬鹿正直に答えたばかりに彼女はニコニコしていて、何ともいえない気持ちになる。

（冷静に考えれば、こんな申し出は断るべきだ。俺は上司で鷺沢は部下なんだし、恋愛感情もないのにその真似事をするなんて間違ってる）

だが断れば、鷺沢は曾祖父の絵の行方を探すのに協力してくれないかもしれない。

絵について調べ始めて数年、国内のオークションや市場に出回ったという情報が入ってこないのは、誰かが所有している可能性を示唆している。

富裕層ではない人間が持っていてもおかしくなく、まさに砂の中から砂金を探し出すのに等しい行為だ。そんな中、「どこかで見た記憶がある」という鷺沢の発言は貴重であり、彼女の記憶がよみがえれば一気に現在の所有者に辿り着けるかもしれない。

（どうする、よく考えろ。社内恋愛は別に禁止されていないが、部署内でばれれば周囲に気を使わせることになり、気まずくなるのは避けられない。何より社長の息子でマネージャーである俺が新人に手を出すのはあまりに外聞が悪いし、眉をひそめられる）

たとえそれが恋愛感情を伴わない〝練習〟でも、傍（はた）から見ればそんな事情は知る由もない。ならば鷺沢の申し出を断り、上司と部下として適切な距離を取るべきだと思うものの、やはり曾祖父の絵の件で後ろ髪を引かれる気持ちになる。

目の前のスコッチのグラスの中で、溶けた氷がカランと音を立てた。しばらく黙っていた久能は、やがて口を開く。

「──わかった。鷺沢の提案を受け入れる」

「ほ、本当ですか？」

「ああ。ただし俺の立場上、周囲に関係を気取られるわけにはいかない。あくまでも秘密で、会うときは極力会社から離れたところでだ」

彼女が「はい」と頷き、久能は言葉を続ける。

「それから曾祖父の絵については、どこで目撃したのかを早急に思い出してほしい。

所有者を見つけ出すためには協力を惜しまないし、俺にできることがあるなら何なりと言ってくれ」

鷺沢が頬を紅潮させ、こちらを見つめている。

その可憐な容貌を見つめ返し、久能は「で、どうする？」と問いかけた。

「えっ？」

「恋愛の練習相手って言ったよな。まずは何をすればいいんだ」

すると彼女が「それは、あの」としどろもどろになり、つぶやいた。

「まずは……カフェでお茶をして、たくさんお話ししたいです」

「なるほど。それから？」

「二人でお散歩したり、お出掛けしたり。それから手を繋いだりもするのも……あっ、でも久能さんはお忙しいんですし、無理のない範囲で構いませんから」

鷺沢の提案はひどく初々しく、まるで中学生のつきあいのようで、久能は思わず噴き出す。だがその表情は真剣そのものに見え、これまで男女交際の経験のない彼女が考える精一杯の〝おつきあい〟なのだということがわかって、微笑ましさをおぼえた。

（恋に恋している状態なら、鷺沢が求めることに応えてやれば何とかなるかな。下手に深入りすると、彼女に本当に好きな男ができたときに後悔するかもしれないし）

探し続けている曾祖父の絵を見つけるための〝対価〟ならば、仕方ない。

そう腹を括った久能は、鷺沢に向かって提案する。

「明日は土曜日だから、早速二人で出掛けようか」

「い、いいんですか？」

「ああ。恋愛の練習って、そういうことだろう」

彼女が今住んでいるところを聞くと、新宿区西落合だという。

久能の自宅からは車で三十分かからない距離で、ルートを頭の中で思い浮かべながら言った。

「じゃあ、明日の午前十時に車で迎えに行く。何かあったときのために、トークアプリで繋がろう」

「はい」

互いのスマートフォンを出して友達登録をし、久能は顔を上げる。

そして鷺沢を見つめ、口を開いた。

「今日から俺たちは、ギブアンドテイクの関係だ。君は俺の曾祖父の絵を探すのに協力し、俺はその見返りに恋愛の練習台になる」

「…………」

「だがくれぐれも会社の人間には気づかれないようにすることだけは、よく覚えておいてくれ。仕事の上では、あくまでも上司と部下だ」

「わかりました」

第三章

「えっ、例の上司とつきあうことになったって、本当ですか？」

自宅に戻った由乃の報告を聞いた埜口が、顔にシートパックをしたまま驚きの声を上げる。由乃は頷いて答えた。

「つきあうんじゃなくて、練習。恋愛感情はない関係なの」

「何ですか、それ」

外から帰ってきたばかりの由乃はキッチンに向かい、冷蔵庫からお茶のペットボトルを取り出す。

そしてその中身をグラスに注ぎ、リビングに戻って彼女に説明した。接待のあとに久能に飲みに誘われ、思いがけず仕事に対する姿勢を褒められたこと。話の流れで彼がなぜ外商になったのかを尋ねたところ、曾祖父の絵を探しているのだと聞かされたこと――。

「わたし、その絵をどこかで見た記憶があるの。そうしたら久能さんが『探すのに協力してほしい』って言い出して」

見つかったらお礼をすると言われ、由乃の中にこみ上げたのは「絵が見つかるまでの期間限定なら、彼に近づくことが許されるのではないか」という考えだった。

「それで〝恋愛の練習〟ですか？　つきあうんじゃなく？」

「そう」

「何でそんなこと言い出したんですか？　普通に告白すればよかったのに」

彼女が呆れたように問いかけてきて、由乃はモソモソと答える。

「久能さんにとってのわたしはただの部下だってわかっていたし、普通に告白しても受け入れられるわけがないと思って。でも、期間限定って言えばだいぶハードルが下がるし、気軽にOKしてくれるかもしれないでしょ？　だから」

「だからって、自分を安売りしすぎですよ。そんなの『弄(もてあそ)んでください』って言ってるようなもんじゃないですか」

埜口が痛いところを突いてきて、由乃はぐっと押し黙る。

自分が浅はかな提案をしたことは、身に染みてわかっていた。現に久能はなかなか頷かず、「恋愛に練習も何もないだろう」「君の気持ちはわかったが、無理に経験しなくてもいいんじゃないか」と語り、由乃を何とか思い留まらせようとしていた。

しかし彼が曾祖父の絵を探していて、由乃がそれに関する情報を持っているという状況は、チャンスだ。せめて絵が見つかるまでのあいだ、恋愛の真似事がしたい。あくまでも〝練習〟で気持ちはないということにしつつ、久能の傍にいたい――そんな欲が芽生えてしまった。

（わたし……狡い。正面から告白する勇気もないくせに、ひいお祖母さまのために絵を探したいっていう久能さんの気持ちを利用してるんだもの）

熟考の末、久能は由乃の申し出を承諾してくれた。

そして明日早速デートするのだと語ると、埜口が微妙な表情で言う。

「私はお勧めしませんけどね。だってもし絵が見つかった場合、由乃さんはすぐ久能さんを諦められるんですか？　かえって傷つくだけだと思うんですけど」

「それは……そういう約束だから、納得するつもり。そもそも久能さんはわたしのことを何とも思ってなくて、絵の情報を得るために了承したんだって、わかってるから」

すると彼女がため息をつき、顔に貼ったシートマスクを剥がしながらこちらを見た。

「わかりました。そこまで言うなら、私も協力します」

「えっ？」

「明日、デートなんですよね？　何を着ていくかとか、メイクはどうするのかとか考えないと」

それからワードローブの中から翌日のデートの服を決めたり、髪型やメイクについて話し合ううち、寝るのがだいぶ遅くなってしまった。

翌朝七時に起床した由乃は、朝食のあとに念入りに支度をする。鏡に自分の姿を映し、おかしなところがないかをチェックするうち、じわじわと緊張が高まってきた。

（荻原さんと婚約していたとき、食事に誘われてもこんなに緊張することはなかった。わたし、久能さんをすごく意識してる……）

埜口は朝九時半に「頑張ってくださいね」と言い置き、家事代行サービスの仕事に出勤していった。

既に友人と言っていい彼女に深く感謝しつつ、由乃は食器洗いや掃除などの家事を済ませ、午前十時の十分前に最寄り駅に向かう。そして往来に立ち、久能が来るのを待った。

（ふう、暑い……）

今日は朝から強い日差しが降り注ぎ、盛夏らしい陽気だった。

予想最高気温は三十五度となっており、立っているだけで汗がにじんでくる。やがて見慣れた黒の高級車が走ってくるのが見え、由乃はそそくさと髪を直した。

目の前に減速して停車した車のパワーウィンドウが開き、久能が顔を出して言う。

「おはよう」

「お、おはようございます……」

助手席のドアを開けて車に乗り込んだ由乃は、今日の彼の装いを見て目を瞠った。

白のシンプルなカットソーの上にテーラードのサマージャケットを羽織り、黒いスキニーパンツとキャンバスシューズという恰好は、とてもカジュアルだ。髪もラフに下ろしていて、普段はきっちりとしたスーツ姿しか見たことがないだけに、とても新鮮に感じる。

「久能さん、そういう恰好もするんですね。何だかすごく意外です」

「休みの日まで、スーツは着ないだろう。君もだいぶ印象が違うな」

「えっ？」

「ダークスーツしか見たことがなかったが、今日の服装、よく似合ってる」

今日の由乃はゆったりしたシルエットの黒いプルオーバーブラウスに、ベージュのマーメイドラインのスカートを合わせた、夏らしい服装だ。

ブラウスの袖がパフスリーブになっているところと手首に嵌めたバングル、下ろして緩く巻いた髪が、いつもと違う雰囲気を醸し出している。

（普段ならハーフアップかまとめ髪にするところを、埜口さんのお勧めで下ろして巻いてみたけど……久能さん、どう思ってるかな）

そっと様子を窺ってみたところ、久能と正面から目が合ってしまい、ドキリとする。

思わずじわりと頬が熱くなり、そんな自分に動揺したものの、彼はふっと笑ってハザードランプを切った。

「じゃあ、行こうか」

「あの、一体どこに……」

「君は恋愛の練習がしたいって言ってたから、ベタなコースだ。まずはドライブ、カフェでお茶、そして水族館」

「水族館……」

これまで男女交際といえば、婚約者と街中でディナーくらいしか経験のない由乃は、その言葉にときめく。

久能の運転する車には外回りで何度も乗ったことがあり、彼の運転は快適だった。

首都高速道路の入り口に向かいながら、久能が口を開く。

「鷺沢は普段、週末は何をしてるんだ？」

「自宅で家事をしています。恥ずかしながら、わたしは実家を出るまで何もしたことがなかったんですけど、今同居してくれている埜口さんは家事のプロなので、厚意でいろいろ教えていただいていてるんです。彼女は今の仕事のお休みが不定期ですから、わたしが週末にシーツなど大きなものを洗濯したり、レシピを見ながら料理の作り置きをしたり」

「へえ、すごいな」

とはいえまだ初心者の域を出ておらず、手際が悪くて嫌になる。

料理も初心者向けの簡単なものを慣れない手つきで作るため、時間ばかりかかるのが難点だ。由乃がそう言うと、彼が前を向いて運転しながら言った。

「できないながらも自分でやろうと思うのって、なかなか難しいと思うけどな。同居している女性には、そのお礼として幾許かの謝礼を払っているんだろう？　だったらそういうことが得意な彼女に、家事を多めに任せるっていう選択肢もあるはずなのに」

「彼女もそう言ってくれてるんですけど、それに甘えるのは何だか違うなって。せっかく実家から出たんですし、わたしはもう大企業の社長令嬢じゃないんですから、今までやらなかったことにどんどん挑戦しようって考えたんです。いつか埜口さんとの同居を解消したとき、ちゃんと一人で暮らせるようになっているのが、今のわたしの目標です」

由乃は運転席の久能を見やり、問いかける。

「久能さんは、ご実家にお住まいなんですか？」

「いや。独り暮らしだ。六本木（ろっぽんぎ）のマンションに住んでる」

「家事のほうは……」

「週に一度、家事代行サービスで掃除や日用品の買い出しなどを頼んでいるが、基本的には自分でやってるよ。大学進学を機に実家を出ているから、ひととおりのことはできる」

久能家は呉服店を前身とし、明治から百貨店を営む家系で、名家といっていい。そんな家の嫡男が自分で家事をしていると聞き、由乃は感心してつぶやいた。

「すごいですね。わたしとは大違いです」

「そうやって他の人間と比べるのは、やめたほうがいい。人はそれぞれ家庭環境が違っていて、鷺沢はたまたま家政婦に家事をしてもらえる家に生まれ、そういうことをする機会がなかっただけだろう。俺は大学から独り暮らしをしていて、君より少しだけ家のことができるだけだ。ことさら卑下する必要はない」

「は、はい」

思わず居住まいを正して答えると、こちらをチラリと見た久能がばつの悪そうな顔をする。

「すまない。今日は休日なのに、つい上司のような口をきいてしまった。鷺沢を責める気はなかったんだが」

「わかっています。久能さんが、わたしのことを考えて言ってくださったのは」

それよりも髪を下ろしている彼が新鮮で、由乃はぎこちなく手元に視線を落とす。

(久能さん、髪をセットしてないといつもより若く見える。……本当に顔立ちが整ってるんだ)

三十分ほど車を走らせた久能が、中目黒(なかめぐろ)でパーキングに停車する。

彼が向かったのは、駅近くにある瀟洒(しょうしゃ)なカフェだった。シックな外観のその店は、中に入るとアンティーク調のインテリアで、まるでフランスに来たかのように錯覚させられる。由乃は感嘆のため息を漏らした。

「素敵……」

「ここは昼間はカフェ、夜はビストロになる店なんだ。春は店の大きな窓から目黒川沿いの桜並木が見えて、以前紹介した外国人のゲストにも好評だった」

「そうなんですね」

窓際の席に通され、メニューを興味津々で眺める。

ケーキが何種類もあって目移りするが、由乃はブルーベリーのタルトとアールグレイを頼んだ。久能はダブルエスプレッソをオーダーし、由乃は店内をそっと見回す。

(お客さん、カップルとか女性客が多いんだ。もしかしてわたしたちも、つきあってるように見えてる?)

そのとき由乃はふと、若い女性のグループが久能をチラチラ見ているのに気づいた。彼女たちが色めき立ちながら「イケメンだよね」とささやき合っているのが聞こえたものの、彼は涼しい顔で外を眺めている。

あの女性客たちから見て、自分は目の前の久能に釣り合っているように見えているのだろうか。由乃がそんなことを考えていると、ふいに彼がこちらに視線を向けて言う。

「どうした、そんな顔して」

「えっ?」

「鷺沢のリクエストに、応えたつもりなんだが。『カフェでお茶をして、たくさん話したい』って言ってただろ。他の店のほうがよかったか?」

由乃は急いで首を横に振り、答えた。

「そ、そんなことないです。すごく素敵なお店で、満足しています」

やがてタルトとアールグレイが運ばれてきて、由乃はそれを口に運ぶ。

すると瑞々しく甘みと酸味のバランスがいいブルーベリーに、サクサクのタルト生地と甘さ控えめなカスタードクリームがマッチし、何ともいえず美味しい。思わず頬をほころばせると、向かいに座る久能がクスリと笑った。

「鷺沢は、思っていることがダダ洩れだな」

「そ、そうですか?」

予想外のことを言われた由乃は、ひどく落ち着かない気持ちになる。

彼への恋心を悟られていることはないだろうが、もしいろいろと顔に出ているのなら注意が必要だ。

そんなふうに考える由乃を尻目に、彼は涼しい顔でエスプレッソを啜っていて、遠慮がちに問いかけた。

「あの、久能さんはケーキを頼まなくてよかったんですか?　美味しそうなのがたくさんありましたけど」

「甘いものは得意じゃない」

「でもお客さまのところでお菓子を出されたときは、いただいてましたよね」

「顧客がわざわざ勧めてくれるものを、断るわけにはいかないだろう。あのにこやかな顔は、すべて演技だ。実は相当な我慢をして口に運んでる」

客に向かって笑顔で「素晴らしいお味です」と言っていたのを思い出し、由乃は唖(あ)然(ぜん)とする。

いくら外商が顧客を最優先させる職業だとはいえ、もしあれが演技なのだとしたら、プロ根性がすごすぎて脱帽だ。

(でも……)

実際は相当な我慢をして食べていたのだとわかり、由乃はつい噴き出してしまう。

あの笑顔の下で実は甘さに苦しんでいたのだと思うと、おかしくてたまらない。すると久能が、どことなくばつが悪そうな表情で言った。

「笑うなよ」

「すみません。だってあんなにニコニコして食べていたのに、本当は苦手だったんだって考えると、おかしくて」

いつまでも笑う由乃を前に、彼はカップをソーサーに置き、外を見やりながらつぶやく。

「――ちなみにこの情報を知ってるの、鷺沢だけだぞ」

「えっ？」

「どうだ、〝特別な関係〟っぽいだろ」

言われた言葉の意味を考え、由乃の顔がじわりと赤くなる。

久能がわざとそういう発言をしているのに気づき、心拍数が上がっていた。

（昨日約束したとおり、久能さんはわたしの疑似的な恋人を演じようとしてくれてる。でも、それってどこまで含まれるんだろう）

彼の〝練習〟の定義が一体どこまでなのかがわからず、由乃はドキドキする。

大人の恋人同士は、デートを重ねるのはもちろん、キスや身体の関係まであるはずだ。昨日の久能は途中までなかなか首を縦に振らず、由乃が提示した〝恋愛の練習相手〟になるのに二の足を踏んでいたのは間違いない。

だが曾祖父の絵の捜索に協力するのを条件に、了承してくれた。ならば由乃が率先して絵を探すことに取り組めば、彼はその気になってくれるだろうか。

（そうだよ。久能さんのひいお祖母さまは入退院を繰り返しているっていうし、高齢なんだからあまり時間はない。わたしはなるべく早く絵のことを思い出さないと）

由乃はバッグを開け、その中から手帳を取り出して言う。

「あの、久能さんのひいお祖父さまの絵の件なんですけど」

「ん？」

「どこで見たのかは定かではないんですけど、何年も前ではないのは確かなんです。ですからこの一年ほどでわたしが出掛けた先を、虱潰しに当たってみるのはどうかと思って」

手帳は去年のもので、外出の予定が細かく記載されている。

五ヵ月前までの由乃は何不自由なく暮らしていた社長令嬢で、母親の静香に連れられて友人知人宅で開催されるホームパーティーやお茶会、茶事などに月に数回顔を出していた。

「なるほど、つきあいがあった富裕層の誰かの家で、絵を目撃したかもしれないってことか」

「はい。いずれもそれなりのお家でしたし、ご自宅に美術品を飾っているところが多かったので」

由乃はふと躊躇い、「でも」と言って久能を見た。

「不躾に『安曇典靖の絵を所持しているか』と聞いて、角が立たないでしょうか。もしそれが目的で訪問されたと知ったら、相手は嫌な気持ちになってしまうかも」

「それについては、俺に考えがある。まずはターゲットの家が久能百貨店の顧客であるかどうかを確認するんだ」

富裕層の人間であれば、久能百貨店のお得意さまカードを持っている可能性が高い。もしそうならば御用聞きに伺い、自然な形で所持している絵画の話に持っていく。客が所持している美術品の目録を手に入れることができれば、曾祖父の絵の所有者であるかどうかがわかるだろう。

そんな彼の言葉を聞いた由乃は、感心してつぶやいた。

「なるほど、確かにそうですね。でも、もし久能百貨店のお得意さまじゃなかったら……」

「そのときは、勧誘に切り替えればいい。客の興味関心を引き、一五〇万円程度売り上げて、お得意さまカードを作ってもらうんだ。それからどんな絵画を所有しているかを探る」

「そうですか。じゃあわたしは、手帳に書いてあるそれらしい行き先をリストアップしておきますね」

手帳を閉じた由乃は、それをバッグにしまう。すると久能が微笑んで言った。

「今まで雲をつかむような感覚だったけど、鷺沢のおかげで現実味を帯びてきた感じだ。感謝してる、ありがとう」

「そ、そんな。まだ何もしていませんから」

カフェを出て再び車に乗り込み、首都高速道路を使って港区方面に向かう。

三十分ほど走って到着したのは、臨海水族園だった。大きなガラスドームが印象的な館内は、週末ということもあって家族連れやカップルで混み合っており、ドーナツ型の大型水槽の展示やペンギンを始めとした六〇〇種以上の海の生物を見られることが売りだという。

外には観覧車や公園内を周遊できる可愛らしいバスがあり、それを見た由乃はわくわくした。

「すごいですね、まるで遊園地みたい」

「今まで来たことはないのか?」

「はい。だからすごく楽しみです」

ガラスドームは有名建築家の作品で、建造物として価値が高いらしい。

建物の前からは日の光をキラキラと反射する青い海が見渡せ、潮の香りがする熱風が吹き抜けていく。ただ立っているだけでも強い陽光でジリジリと暑いのに、普段は見られない海から目を離せずにいると、久能が言った。

「ほら、そろそろ入ろう」

「あ、はい」

館内に入り、エスカレーターで下に降りていくと、真っ先に目に入るのはサメが泳ぐ大型水槽だ。

それから世界中の海を再現したコーナーを順番に鑑賞したが、人が多くなかなか水槽が見えない。すると久能が由乃の手をつかんで引っ張りながら言った。

「ほら、こっちからならよく見える」

「す、すみません」

彼はそのまま手を離す気配はなく、むしろよりしっかりと繋がれてしまって、由乃はあたふたして問いかけた。

「久能さん、あの、手……」

「これだけ混んでるんだから、繋いでいたほうが安心だろう。それにこういうことも、〝練習〟に含まれていたんじゃなかったか？」

「……っ」

確かにそう言ったが、実際にされてみるとドキドキする。

（久能さん、手が大きい。でもあったかくて、男の人の手ってこんなに硬いものなんだ）

触れ合った手から伝わるぬくもりに、胸の奥がじんと震える。

こちらの荒唐無稽なお願いを久能はしっかり実行してくれていて、それがうれしい反面、心がシクリと疼いた。

(久能さんがこうしてくれているのは、別にわたしのことが好きだからじゃない。あくまでも絵のためなんだから、勘違いしないようにしなきゃ)

彼は水族館を出るまでずっと手を繋いでいてくれ、由乃は面映ゆい気持ちを味わった。

夕方から久能は客先に訪問する予定があるといい、これから商品の持ち出しのために百貨店に出勤するという。帰り道の車の中で、由乃は彼に向かって言った。

「休みの日まで客先に訪問するなんて、大変ですね」

「週末しか時間がないというお客さまもいるからな。売るチャンスがあるなら、いつでも客先に赴くのが外商だ」

由乃はまだ新人ということもあり、週末の土日は固定で休みをもらっているが、久能を始めとした他の外商部員は顧客の都合によって出勤している人が多い。

由乃は「わたしも一緒に行きます」と申し出たものの、久能は首を横に振った。

「いや、君は自分の顧客を持ってないうちは休んだほうがいい。そのうち嫌でも週末に出勤することになるんだから」

　確かに自分がついていっても何の役にも立たず、由乃は肩を落とす。

　もしかすると水族館に出掛けたのは、忙しい彼にとって負担だったのではないか。

　そう考えていると、久能が思いがけないことを言った。

「今日は無理だが、近いうちに仕事が終わったあとにでもディナーに行こう」

「えっ、いいんですか？」

「ああ。君は早速有益な情報をもたらしてくれたんだし、俺もそれに応えないとな」

　自宅の最寄り駅で降ろしてもらい、「じゃあ」と言って走り去っていく車の後ろ姿を見送った由乃は、ホッと息を漏らす。

　彼との初めてのデートは、ドキドキの連続だった。久能のほうから次回に繋がる約束をしてくれたのがうれしく、じんわりと熱くなった頬を意識しながら考える。

（わたしたちの関係は会社の人たちには内緒なんだし、仕事中におかしな態度を取らないように気をつけないといけない。でも……）

　ときめきが強すぎて、今は普通の顔ができそうにない。

　月曜に出勤するまでに何とか気持ちを落ち着かせ、普通の上司と部下として振る舞おう――そう思いながら、風になびく髪をそっと押さえる。

午後三時の駅周辺は西日が差し、ムッとした熱気に満ちていた。アパートに向かって歩き出し、「久能との関係は、あくまでも〝期間限定〟だ」と自らに言い聞かせながら、由乃はこれからの彼とのつきあいにじっと思いを馳せた。

＊　＊　＊

百貨店には独自のクレジットカードがあるが、久能百貨店にも通常のカードとゴールドカードの二種類がある。

久能百貨店では年間で最低一五〇万円以上の買い物をすると、外商部から顧客の元に「お得意さまカードにお切り替えなさいませんか」という連絡がいくようになっていた。

これがいわゆる外商カードで、ごく限られた上得意の顧客しか取得できないステータスの証(あかし)だ。そのメリットは大きく、一般の売場には並ばないような希少価値の高い商品や新商品などを優先的に取り置いてもらえ、担当者がつくことでただの売り買いにとどまらない、さまざまなサービスを受けることができる。

何より大きいのは、割引率だろう。ハイブランドショップを除いたほぼすべての商品に最低でも十パーセント前後の割引率が適用される。

館内の食料品や日用品も対象のため、ヘビーユーザーならかなりの恩恵を受けられるに違いない。

その他、来館時にはドリンクサービスつきのＶＩＰルームを使用できたり、駐車場を無料で使用できたり、アパレルや宝飾品などの販売会に招待されるなど、枚挙に暇がない。

その日、データベースにアクセスした久能は、購入ペースが落ちている顧客をチェックしていた。

（田町の天野さまは、この二ヵ月ほど何も購入していない。高輪の谷口さまも年間購入額に満たない恐れがあるから、近いうちに訪問しないと）

久能百貨店では年間の購入金額が六〇万に満たない場合、お得意さまカードが失効してしまう仕組みとなっている。

毎月五万円程度のノルマだが、もしかすると顧客側に経済的な事情があるかもしれず、言い方には細心の注意を払うことが必要だ。

まずはこれまで頻繁に購入しているものを持参して機嫌伺いをし、やんわりと年間購入金額の話をするしかなかった。

ふいに鷺沢の席が目に入ったが、現在そこは空席だった。理由は外回りのために持ち出した商品を館内の売場に返却しに行っているためで、しばらくは戻ってこない。

今日持ち出した商品は男性物の高級腕時計数本とブランドバッグなど高価なもので、紛失したり破損すると大変な話になるものの、久能はそうした仕事を任せても大丈夫だと思う程度に鷺沢を信頼していた。

(プライベートでも会っているから、余計にそうなのかもしれないが。……思えば彼女とは、奇妙な縁だな)

彼女に曾祖父が描いた絵を探していると打ち明けたのは、二週間前の金曜日の話だ。

その翌日、久能は鷺沢と待ち合わせて初めてのデートをした。カフェでお茶をし、水族館に行ってランチのあと帰宅するという健全なコースだが、わざわざ彼女の要望どおりにしたのは、それが曾祖父の絵を探すための交換条件だからだった。

(初めに「恋愛の練習相手になってほしい」って言われたときは困惑したが、初デートの反応を見ていると本当に異性に免疫がないのがよくわかった。あの程度でうれしそうな顔をするなんて)

待ち合わせ場所の駅まで行くと、そこには私服姿の鷺沢がいて、普段のダークスーツ姿とはまるで違う様子に新鮮な気持ちになった。

服装は涼やかで女性らしく、姿勢のよさや物腰から品性を感じさせて好ましい。彼女は途中で入ったカフェや水族館で目を輝かせ、考えていることが丸わかりで、久能は微笑ましさをおぼえた。

（お嬢さま育ちのせいか、鷺沢は擦れたところがなくて純粋だ。でも、逆にそれが危なっかしくて心配になる）

父親が亡くなったことをきっかけに「社会に出よう」と決意したという鷺沢は、実家を出て久能百貨店に入社して働き始めたり、同居する家政婦から家事を教わったりと、前向きに頑張っているようだ。

しかし恋愛経験がない事実に焦るあまり、こちらに「練習相手になってほしい」と持ちかけてきたことだけは、いただけない。他の男にそんな話をすれば弄ばれるのは容易に想像ができ、後悔するのが目に見えている。

そう思いつつも久能が鷺沢の提案に乗ったのは、曾祖父の絵を探すという目的があるからだ。いわば交換条件であり、期間限定だという話だったが、久能はあまり深入りはしないでおこうと考えていた。

年上で上司でもある自分が、彼女を傷つけるようなことはあってはならない。表向き恋愛の真似事をしても、身体には触れずにいるべきだ。

そう思い、あくまでもプラトニックに徹しようと考えていたものの、あれから二週間が経つ今は少し気持ちが変化してきている。

(……まさか俺が、鷺沢を可愛いと思うなんてな。予想外だ)

鷺沢はとにかく真面目で、いつも一生懸命だ。

外回りに同行すれば真剣な表情でこちらの商談を見守り、その後提出するレポートは手を抜かずにしっかりした内容で仕上げている。久能や他の人間から頼まれた仕事に丁寧に取り組んでいて、外商部のメンバーたちからはそうした勤務態度が評価され、少しずつ信頼を勝ち得ていた。

プライベートで食事に行くと、どこに連れていってもキラキラと目を輝かせ、美味しそうに食べているのが印象的だ。男性に免疫がないのは本当らしく、手を繋ぐだけでじんわりと頬を染めていて、そんな反応を目の当たりにするとついこちらも彼女を異性として意識してしまっていた。

(鷺沢との関係は、あくまで〝練習〟だ。元々恋愛感情がない上、手を繋ぐ以上のことをするつもりはない。……それなのに)

この二週間、週に二、三回の頻度で食事や飲みに行ったりしているが、気詰まりな感じは一切せず楽しかった。

もしかするとそれは、一緒に絵の捜索をしているという連帯感もあるのかもしれない。彼女が去年使っていた手帳を基に、この一年で訪問した富裕層の屋敷をリストアップし、虱潰しに当たっていくことになった。

久能百貨店の顧客だったのはそのうちの三分の一程度で、久能は担当の外商を通じて安曇典靖の絵を所持しているかどうかを確認してもらったものの、どこも該当しなかった。

ならば久能百貨店の顧客ではない人間の元を訪問することになるが、これが大変だ。他の百貨店を贔屓(ひいき)にしているところにアポを取り、丁寧な挨拶から始まって、おつきあいしていきたい旨を説明する。

「間に合っています」とにべもなく告げるところを食い下がり、何とか一度会って話したいと伝えると一応は了承してくれるものの、そこに至るまでが一苦労だった。

(今のところ五件のアポイントが取れたから、順次訪問していかないと。……さて、何軒目の訪問で見つかるかな)

鷺沢は「茶事やお茶会、ホームパーティーなどで訪問したどこかの家で絵を見た記憶がある」と言っていたため、来客が目撃できるような位置に飾ってあるのは間違いない。

とにかく目的の家の中に入らなければ確認のしようがなく、アポイントメントを取って訪問するまでが最大の難所といえた。久能が根気強く電話をかけているのを知った鷺沢は、「わたしにも手伝わせてください」と言った。

『リストにあった訪問先はほとんどが両親の知り合いですが、わたしも一緒に訪れているので、まったく知らない相手ではありません。久能さんに同行し、こちらの素性を明かした上で絵について質問するのが、一番スムーズだと思います』

彼女の提案はもっともで、明日そのうちのひとつである宝生(ほうしょう)家に訪問することになっている。

部長の友重には事情を説明し、「久能百貨店の外商として営業をかけるのを第一の目標として、絵の捜索に関してはあくまでも二次的なものとして扱う」ということで了承を得た。

(さて、白金(しろかね)の江國(えぐに)さまから請け負ったパーティーの手配をしないと。食品部のバイヤーに連絡を取るか)

通常なら久能百貨店の外商部が懇意にしているケータリングやイベント企画会社などにバトンタッチするところだが、今日会った江國夫人は既存ではないプランを希望していた。

そのため、久能が食品部のバイヤーと打ち合わせをしながらパーティーの参加人数や年齢層、食の好みなどを加味したチーズやワインをセレクトし、フレンチやイタリアンレストランからのケータリングを手配することになっている。

その日は食品部のバイヤーと館内の専門店を回ってチーズやワインを選び、フレンチレストランとケータリング内容の打ち合わせをしたあと、江國に提示するためのプランを策定して仕事を終えた。

そして午後七時、車で百貨店の最寄り駅から三駅離れたところにあるカフェに向かう。事前にメッセージを送っておいたため、久能が到着する頃には彼女は店の前にいた。

「ごめん、待ったか」

「いえ」

彼女――鷺沢が、はにかんだように笑う。

ダークスーツ姿の彼女は仕事帰りで、久能より一時間ほど前に退勤していた。職場から離れたところでこうして待ち合わせをするのは、初めてではない。仕事関係の人間に見られないようにと考えるとおのずとこうした距離になるが、「別に見られても構わないのかもしれないな」と久能は考える。

（俺が鷺沢の指導係なのは周知の事実だし、一緒にどこかの店に入っていても「仕事の延長だ」という言い訳は立つ。だったら堂々としてもいいのかも）

それでもつい人目を避けてしまうのは、自分の中にほんの少しの疚しさがあるからだ。

〝恋愛の練習〟は手繋ぎ程度に留めておこうと考えているものの、一方で「鷺沢が真剣に協力してくれているのに、自分は彼女のお願いを煙に巻いていいのか」という気持ちもあり、ひどく複雑だった。

（俺は……）

前を向いて運転していた久能は、ふいに鷺沢から「久能さん」と呼ばれているのに気づく。

「悪い、ぼーっとして。呼んだか？」

「はい。あの、今日はどこに行くんですか？」

「銀座の和食店だ」

彼女との食事は、顧客に「どこかいい店はないか」と言われたときに提案するための下見を兼ねている。

普段なかなか予約が取れないというその店は、車で走って十五分ほどのところにあった。店内はカウンターのみの十二席で、八割方席が埋まっている。コースは一種類のみで、二ヵ月ごとに内容が変わるといい、鷺沢が笑顔で言った。

「どんなお料理が出てくるんでしょうね。楽しみです」

久能はさりげなく周囲を観察し、店内の清潔感やスタッフの対応などを眺めつつ、客に紹介できるポイントを評価していく。

(さすが高評価の店、雰囲気がいいな。料理の味はどうだろう)

「お飲み物は何になさいますか」

車で来ている久能は「ウーロン茶で」と答えたが、鷺沢はドリンクメニューを見て言った。

「わたし、今日は日本酒をいただきます。いいですか?」

「ああ。構わない」

普段の彼女はそう飲むほうではなく、久能は「珍しい」と考える。

コースは八月らしいラインナップで、ウニや鮑(あわび)、すっぽんなど多彩な食材を使っており、次に何が出てくるのかとわくわくした。特に圧巻なのは八寸で、手の込んだ料理は季節や旬を感じさせ、久能は感嘆のため息を漏らした。

「これは美味(うま)いな」

「本当に。目にも美しいですね」

そんな鷺沢は結構なピッチで冷酒を飲んでおり、ほんのり頬が赤くなっている。

久能は心配になって問いかけた。

「おい、飲みすぎてないか？　ソフトドリンクに切り替えたほうがいいんじゃ」

「だ、大丈夫です。今日は飲みたい気分なので」

その後、料理は赤座海老（あかざえび）の揚げ物や鱧と松茸のすき焼きへと続き、最後の甘みが出てくる頃には鷺沢は目に見えて酔っていた。

会計を済ませて外に出ると、彼女が礼を述べる。

「久能さん、ご馳走（ちそう）さまでした」

「いや。送っていくよ」

今日の日中は曇り空だったため、気温はこの季節にしては幾分低めだ。

往来には客待ちのタクシーが列をなしており、多くの人が行き交っている。パーキングに向かいながら歩く鷺沢はうつむきがちで、久能は「もしかすると、気分が悪いのかもしれない」と考えた。

（もっと早くに制止して、お茶でも飲ませればよかったな。失敗した）

車に乗り込み、エンジンをかける。ここから彼女の自宅がある駅までは、三十分ほどの距離だ。

車を発進させようとしたところで、ふいに鷺沢が勢い込んで「あの！」と言った。

「わたし……久能さんにお話があるんです」

「ん？」

彼女はひどく思い詰めた顔をしていて、久能はその理由を考える。

（もしかして仕事のことか？　それとも、絵のことで何か思い出したとか）

最近の彼女は他の社員たちや売場店員との交流が増え、楽しそうに会話をしている姿を見かけることがしばしばあった。

久能が忙しいときは別の外商と外回りに行くこともあるが、トラブルでもあったのだろうか。そんなふうにいくつか理由を思い浮かべていると、鷺沢が再び口を開いた。

「久能さんとこうして会うようになって、二週間が経ちます。週末にデートをしたり、仕事が終わったあとに食事に連れていってくれたりと、毎回すごく楽しくて感謝してるんです。でも、引っかかっていることがあって」

彼女は一旦言葉を切り、酒気を帯びた眼差しでこちらを見上げて言う。

「大人の恋愛では、一緒に出掛けたりお茶や食事をしたりっていうのはもちろん、それ以上のこともあると思うんです。久能さんがそういう行為をしないのは、わたしがまったく好みじゃないからですか？　やっぱり恋愛感情のない相手には、触れることも嫌なんですか」

　鷺沢の語尾が震え、目にみるみる涙が盛り上がって、ポロリと零れ落ちる。

　それを見た久能はぎょっとし、慌てて言った。

「落ち着け、鷺沢。君、だいぶ酔ってるだろう」

「酔ったのは、お酒が入らないと自分の気持ちを言えないと思ったからです。そもそも『恋愛の練習相手になってほしい』と言ったとき、わたしは未経験の自分を卒業したくて、そういう部分も込みでお願いをしたつもりでした。初めてのデートのとき、久能さんがこちらの希望に沿ったプランを考えてくれたり、手を繋いでくれて……すごくうれしかった。でもそのあとはまったく進展がなくて、そうするうちに思ったんです。久能さんの中でのわたしは困ったことをお願いしてくる〝部下〟にすぎず、今の状況を持て余してるんじゃないかって」

　彼女の言葉は正鵠を射ており、久能は返す言葉に詰まる。

　確かに鷺沢にその話を持ちかけられたとき、自分は「厄介なことになった」と考えていた。彼女の直属の上司であり、勤務先の社長の息子である自分が期間限定とはいえ恋人の真似事をするのは、倫理的によろしくない。

しかし曾祖父の絵の捜索のため、やむを得ず承諾したという経緯がある。

(鷺沢が思いのほか異性に免疫がないのがわかったから、俺は適度にデートをして手を繋いだりという程度で誤魔化そうとしていた。そのほうが、後々彼女のためになると考えて……。でも)

二人ですごす時間を重ねるうち、少しずつその気持ちに変化が起きた。

鷺沢は言動に育ちのよさがにじみ出ていて、一緒にいることが苦痛ではない。仕事でもプライベートでも反応が素直で、二人で出掛けた先で楽しそうにしているのを見ると、「連れてきてよかった」と思えた。

それでいて好奇心旺盛なところもあり、仕事で疑問に思ったことを質問してきたり、久能が語る蘊蓄(うんちく)を真剣な眼差しで聞いたりする様子は、見ていて微笑ましく感じる。

(俺は鷺沢と過ごす時間が嫌じゃないし、むしろ楽しい。彼女がひい祖父さんの絵についても協力してくれるのも、すごくありがたく思ってる)

そんな彼女を前に罪悪感をおぼえ始めたのは、最近のことだ。

今の自分は鷺沢を体よく利用し、彼女の善意に胡坐(あぐら)をかいている。絵に関しては鷺沢の協力のもと、少しずつ手がかりに近づいている自覚があるのに、鷺沢が望むことからは意図して目をそらしていた。

（俺は……）

彼女の涙を見た瞬間、身につまされる思いになった久能は、表情を改める。

そして鷺沢に向き直って言った。

「君に触れなかった理由は、好みじゃないとか、恋愛感情のない相手に触れるのが嫌だからとかじゃない。俺自身が自制しているせいだ」

「自制、ですか？」

「ああ。俺は君の上司で、そういう立場の人間が恋愛感情のない相手に手を出すのは倫理的にどうかと思っていた。だから〝恋愛の練習〟を手を繋ぐ程度に留めて、当たり障りのないデートで乗りきろうと考えていた」

それを聞いた彼女がぐっと唇を引き結び、泣きそうな表情をする。そんな様子を見つめつつ、久能は言葉を続けた。

「だが一緒に過ごすようになると、思ったより楽しくて驚いた。俺の話を真剣に聞いてくれたり、どんなところに行っても目をキラキラさせるところは可愛いと思ったし、手を繋いだだけで恥ずかしそうにしているのも微笑ましかった」

「…………」

「この程度で赤くなるような君に手を出すべきではないという気持ちと、協力してもらっている立場でそれは誠実ではないという気持ちで、心が揺れていた。だが俺の煮えきらない態度で鷺沢が傷ついていたのなら、謝りたい。本当にごめん」

するとと鷺沢が、沈痛な面持ちで小さく言う。

「それは……やっぱりわたしの〝練習相手〟にはなれないということですよね。立場的にも感情的にも、その気にはなれないんだって」

「いや、逆だ」

「えっ？」

彼女が驚いた様子で顔を上げ、久能は目を見て言葉を続ける。

「近頃はふとした瞬間に君に触れたいと思うときがあって、そんな自分を持て余していた。鷺沢は可愛いし、異性の心をくすぐる魅力が充分ある。自信を持っていい」

「そ、それってつまり、恋愛の練習をしてもいいと思う程度には、わたしに関心を持ってくれてるってことですか？」

「ああ」

鷺沢が信じられないという表情でこちらを見つめ、ささやくように言う。

「じゃあ——触れてもらえませんか？　わたしに」

「……後悔しないか？」

「しません。久能さんが相手なんですから」

その言葉を聞いた久能は、シートベルトをカチリと外す。

そして助手席のヘッドレストに腕を掛け、身を乗り出すようにしながら、鷺沢にキスをした。

「――……」

パーキングの明るい照明が差し込む車内で、彼女が目を見開く。

触れるだけで一旦離れた久能は間近でそれを見つめ、再び鷺沢の唇を塞いだ。

「……っ」

舌先でチロリと舐め、合わせをなぞる。すると条件反射のように彼女が唇を開き、そっと中に押し入った。

舌同士を絡ませ、徐々にキスを深くしていく。ぬめる感触は官能的で、鷺沢が甘い吐息を漏らした。

「はぁっ……」

唇を離し、見つめ合う。彼女の目が潤んでいて、ほんのりと上気した頬が可愛らしかった。久能は吐息が触れる距離でささやく。

「キスのとき、そんな顔をするんだな。可愛い」

「……っ」

運転席に身体を戻そうとする久能のスーツの袖を、ふいに鷺沢がつかんでくる。

驚いて動きを止めると、彼女が切実な眼差しで言った。

「もう一度、してもらっていいですか？」

予想外のおねだりに心をぐっとつかまれ、久能は無言で唇を塞ぐ。

小さな舌はベルベットのような感触で、絡ませると逃げるような動きをした。それに煽られてなおも触れ合わせると、鷺沢が色めいた吐息を漏らす。

「……ぁ……っ」

キスに夢中になりながら、久能は頭の隅で「ここは屋外のパーキングだ」と考えた。

いつ誰が来るかわからない状況で、こんなことをするべきではない。そう思い、唇を離した久能は、彼女を見下ろしてささやいた。

「ごめん、こんなところで」

「いえ」

「送っていくよ」

改めてシートベルトを締め直し、車を発進させる。

前を向いて運転しながら、久能の中には先ほどのキスの余韻が色濃く残っていた。

最初はあんなに躊躇って煙に巻いていたのに、いざ触れてみると夢中になってしまったのが我ながら情けない。

(たった一度キスしただけで、彼女との距離がぐんと近くなった気がするから不思議だ。まるで恋愛し始めのようなときめきがある)

鷺沢に優しくしたい気持ちがこみ上げて、仕方がない。

誰かをこんなふうに思う自分が珍しく、妙な感慨を抱きながら車を運転した久能は、彼女の最寄り駅近くまで来たところで問いかけた。

「鷺沢の自宅は、駅から歩いてどのくらいなんだ?」

「七分くらいです」

予想外に距離があるのに驚き、久能は言葉を続けた。

「こんな時間に一人で歩いて帰るのは、危ない。自宅前まで送っていくから」

「そ、そんな。ご迷惑ですし、お気遣いいただかなくても」

「車ならたいした距離じゃない。ナビしてくれ」

彼女の言うとおりに角を曲がり、やがて到着したアパートは、外観がリフォームされていてパッと見は新しく見える。

しかしいかにもこぢんまりとしており、久能は複雑な気持ちで問いかけた。

「ここに家政婦の女性と、二人で住んでるのか？」

「はい。築三十二年ですけど、外も中もリフォームされているのであまり古さは感じません。ただ、引っ越した当初はその狭さにびっくりしました」

だが暮らしてみるとその狭さがちょうどいいのだと言う鷺沢の表情に、暗いところは微塵もない。

そんな前向きさを好ましく思いつつ、久能は腕を伸ばして助手席に座る彼女の手を握る。そしてドキリと肩を揺らす様子を見つめながら、ささやいた。

「明日はいよいよ、宝生家の訪問だ。君の知り合いの家だから会話の面で協力してもらうかもしれないが、よろしく頼む」

「……はい」

「じゃあ、おやすみ」

第四章

自宅アパートの玄関の鍵を開けて中に入ると、ムッとした熱気が立ち込めている。梺口は今日友人と会う予定があるらしく、帰宅は午後十一時くらいになると言っていた。暗い室内の灯りを点け、リモコンで冷房のスイッチを入れた由乃は、指先でそっと口元に触れて赤面する。

(……久能さんと、キスしちゃった。しかも二回も)

思い出すだけで気恥ずかしさが募り、由乃はソファに勢いよく座ってクッションを抱え込む。

今日は午前中に久能の外回りに同行したあと、百貨店に戻った彼は顧客から受注したパーティーの手配のために午後は一人で動いていた。そのあいだ、由乃は外商部の先輩女性である嬉野と行動を共にしており、館内の売場巡りをした。

『大手弁護士事務所を経営する東田さまのご長男が、このたび結婚することになってね。その奥さまになる方が、私に連絡してきたの。「新居のコーディネートをすべてお願いしたい」って』

聞けば長男の妻の実家は富裕層ではなく、ごく一般的な家庭で、両親は最初彼女の家柄に難色を示したらしい。

しかし両親に紹介したあとに妊娠が発覚し、渋々結婚が認められたのだそうだ。二週間後に挙式披露宴が予定されており、その後高級レジデンスで新婚生活を始めるつもりだというが、あまりにも家格が違いすぎて生活レベルを合わせるのが大変だという。

『新生活を始めるに当たって、若奥さまはご自分のセンスに自信がないことに悩まれたそうなの。何しろ今までブランド物や最高級の品に触れてこない生活をしていたから、何がいいのかもわからないらしくて。それで東田家に出入りしていた外商の私に、助けを求めてきたってわけ』

新居に引っ越すに当たり、生活に必要と思われるものをすべて揃えてほしいというのが今回のオーダーで、嬉野はその手配にてんてこ舞いだという。

「だから鷺沢さんにも、手伝ってほしいの」と言われた由乃は、彼女と共に館内を回り、自分の価値観を基にカーテンやベッドリネン、食器、インテリア雑貨などを選んだ。

すると嬉野は、感心した顔で言った。

『鷺沢さん、さすがは元お嬢さまなだけあって、センスがいいね。有名ブランドのラインで揃えるだけじゃなく、ときどき安価でも質のいいものも入れてて、でも全体の調和が取れてて馴染んでる。きっと東田さまも喜んでくれるわ』

そう発言した直後、彼女が「あっ、〝元〟お嬢さまなんて言ってごめんね」と慌てた顔で謝ってきたが、由乃はまったく気にしていない。自分がお嬢さま育ちなのも、それが過去の話なのも、どちらも事実だからだ。

(久能百貨店に入社するとき、友重部長は「幼少の頃より培われてきた審美眼を、外商部で生かしてはどうか」って言ってたけど、実際にそれが役に立ってるならうれしい。いつかわたしも、自分なりのセンスでお客さまに品物をお勧めできるようになれるといいな)

そのとき一人の女性が行く手から歩いてきて、「嬉野さん」と声をかけてくる。

彼女を見た由乃は、思わず目を瞠った。

(すごい、きれいな人……)

彼女は二十代半ばから後半に見え、スラリとした体型にベージュのパンツスーツがよく似合っている。

切れ長の目元と透き通るような白い肌、長い黒髪がどこかオリエンタルな雰囲気を醸し出し、長身も相まってどこかモデルめいた印象の美女だ。嬉野が小声で説明してくれた。

『インテリア部門の凄腕（すごうで）バイヤーの、梶本（かじもと）こずえさんだよ。億単位の予算を持ってるっていう噂で、いつも高級家具や雑貨の買いつけで世界中を飛び回ってる。とにかく商品知識がすごくて、センスのいい人なの』

『そうですか』

梶本がこちらに歩み寄ってきて、微笑んで言った。

『嬉野さん、東田さまの新居のご提案はもう済んだ？』

『いえ、まだです。梶本さん、先日は相談に乗っていただき、ありがとうございました。東田さまへのご提案は大詰めで、今日は外商部の新人の鷺沢さんに細々した物を選ぶのを手伝ってもらっていたんです』

すると彼女はこちらに視線を向け、ニッコリ笑った。

『新人さんなのね、初めまして。インテリア部門バイヤーの、梶本です』

『初めまして、鷺沢由乃と申します』

『私は外国の家具ブランドだけではなく、国内の伝統工芸家具や民藝品（みんげいひん）も取り扱っているの。どんなお宅にも対応できるから、もし何か必要なときは遠慮なく相談してね』

『はい。ありがとうございます』

嬉野との仕事が終わってオフィスに戻ると、久能からスマートフォンにメッセージが届いていた。

内容は「今夜食事に行かないか」というもので、それを見た由乃はある決意をしていた。

（今日こそは、久能さんに聞こう。――わたしのことをどう思っているのか）

彼と秘密の関係になって二週間、由乃は職場の人間にばれないように久能と逢瀬を重ねてきた。

カフェや食事に行き、ときにはドライブに連れ出してくれる彼はとてもエスコートが上手く、職業柄か博識で会話をしていても楽しい。

だが手を繋ぐこと以上の肉体的な接触はなく、由乃はそわそわしていた。この関係は久能の曾祖父の絵を見つけるまでという期間限定で、彼がこちらに恋愛感情を抱いてないのは最初からわかっている。

しかし由乃の中には久能への恋心があり、「どうせ叶わぬ想いなら、この機会を利用して束の間夢を見てもいいのではないか」と思ったのが、荒唐無稽なお願いをしたきっかけだ。

彼は優しく、極力こちらの希望に沿うよう気を配ってくれているのはよくわかっていた。恋愛初心者の由乃にとってはただお茶をするだけでも楽しく、まめに誘いをかけてくれることには感謝しかないが、今以上縮まる気配のない距離に焦りをおぼえている。

(探している絵が見つかったら、わたしとの関係は終わりになる。過去一年間にわたしが訪問した邸宅のうち、久能百貨店の顧客である家には安曇典靖の絵がないことが確認された。だとしたら残りのお宅のどれかだけど……)

久能百貨店の顧客ではない家のうち、五軒にはこの二週間でアポイントメントが取れ、明日はその一軒目である宝生家を訪問することになっている。

もしかするとそこに絵があるかもしれず、そうなれば〝恋愛の練習〟は終わりだ。久能と二人きりで会うことも、デートをすることもなくなる。

(そんなのは……嫌)

まだ手しか繋いでいないのに、関係が終了になるのは耐えられない。

もしかすると久能が〝練習〟を煙に巻くつもりなのかもしれないことは、最初から考えていた。デートや手を繋ぐという行為で由乃の気をそらせ、それ以上進まずに関係を終了する気だったのかもしれないと考えると、胸がぎゅっと締めつけられた。

（やっぱり好きでもない相手に触れるのは、男の人でも苦痛なのかな。それとも上司っていう立場を考えて、自制しているだけ……？）

もし彼がこちらに嫌悪感を抱いていないなら、触れてほしい――と由乃は思う。

明日宝生家を訪問し、絵を発見する可能性がある以上、もう時間的猶予はない。今日の夜に久能に会ったときに、自分の気持ちを伝えるべきだろう。

そんな悲壮な決意をして退勤後に彼と落ち合った由乃だったが、訪れた和食店で日本酒を飲みすぎてしまった。話の内容的に、素面(しらふ)では絶対に口に出せない。ならば景気づけにと考えて日本酒をオーダーし、酔いに任せて想いを伝えたところ、久能は今まで由乃の望みがわかっていてはぐらかしていたことを認めて謝罪してきた。

そして初めてキスを交わしたが、彼の唇の感触を思い出した由乃は頭が煮えそうになる。

（キスがあんな感触なんて、知らなかった。しかも久能さん、「近頃はふとした瞬間に君に触れたいと思うときがある」とか「可愛い」って言ってくれてたけど、それってつまり、少しはわたしに好意を持ってくれてるってこと……？）

初めてのキスでいっぱいいっぱいになった由乃は、久能の言葉の意味を深く追求できていない。

だが少なくとも嫌われていないことは確かで、間近で見た彼の端整な顔立ちや息遣いのインパクトが強く、今も胸の高鳴りが治まらなかった。

（でも、明日宝生家で絵が見つかったら終わりなのは変わらないんだよね。……どうしよう）

一度キスをしたことで、由乃の中の久能への気持ちはかつてないほど強まっている。本音を言えばまだ絵が見つかってほしくない気持ちがあるものの、彼の曾祖母は体調が思わしくないといい、一刻も早く見つけるのが急務だ。

（そうだよ。久能さんのひいお祖母さまのことを考えたら、わたしの考えはすごく身勝手だ。あの人に、こんな醜い気持ちは知られたくない）

ため息をついた由乃は立ち上がり、シャワーを浴びるべくバスルームに向かう。

そして部屋着に着替えたあと、今日嬉野と一緒にした仕事の内容を復習し、改めて顧客に提案するならどんな商品がいいかを考えながらまとめた。

翌朝は午前九時に出社して、他の社員から頼まれた雑務をこなす。そして昼休み後の午後一時、久能に声をかけられた。

「鷺沢、そろそろ出るぞ」

「はい」

今日は朝から彼の顔が見られず、チラチラと様子を窺っていたものの、久能は普段とまったく変わりなかった。

彼は容姿と家柄を兼ね備えているのだから、これまで交際した女性は複数人いるだろう。もしかするとキスは挨拶程度にすぎないのかもしれず、由乃の胸がシクリと疼く。

（もう、こんなこと考えちゃ駄目。今は仕事中なんだから、オンオフをきっちり分けないと）

そう自分に言い聞かせ、由乃は精一杯いつもどおりの表情を取り繕う。

これから向かうのは、松濤にある宝生家の邸宅だった。当主の裕一郎は美容整形外科のクリニックを営んでおり、テレビＣＭなどで知名度が高い。

母親の静香が以前から美肌治療とヒアルロン酸注射のために通っており、由乃もビタミン化粧水を処方してもらうために診察を受けたことがあった。今日は夫人とアポイントメントを取っていて、久能百貨店からは車で二十分程度の距離だ。

宝生家の屋敷は鉄筋コンクリート造りの、白亜の大豪邸だった。車を降りた由乃は、鏡を見て身だしなみを整える。彼がインターホンを押し、名前を名乗った。

「久能百貨店外商部から参りました、久能と申します。奥さまとお約束があってお伺いいたしました」

家政婦が応え、堅牢な門扉のロックが解除される。

緑の植栽が美しいアプローチを通り、建物に近づくと、中から年嵩(としかさ)の家政婦が玄関ドアを開けて言った。

「どうぞ」

「ありがとうございます。お邪魔いたします」

中は贅(ぜい)を尽くした造りで、吹き抜けの玄関は明るく、磨き上げられた大理石の床が眩(まぶ)しい。

靴を脱いで上がった正面には大きな絵画が飾られていたが、安曇典靖のものではなかった。

(『芍薬と女』じゃない……もしかして、絵の所有者は宝生家ではない?)

長い廊下を進んで案内されたリビングは広々としており、三十畳はゆうにあった。

モダンでセンスのいいインテリアが並ぶ室内には、五十代とおぼしき女性がソファに座っている。

「久能百貨店の外商さん? 宝生の家内の美佐子(みさこ)です」

「お初にお目にかかります。久能百貨店外商部、久能と申します」

久能が名刺を差し出すと、それを見た彼女が顔を上げて言う。

「久能さん、電話でお名前を伺ったときから『もしかして』と思っていたのだけど、社長のご子息でいらっしゃるの？」

「はい。外商部に所属して、四年になります」

すると美佐子がパッと目を輝かせ、愛想よく答えた。

「まあ、そうなの。ずいぶんと男前でいらっしゃるのねえ。しかも外商だなんて、さまざまな知識が必要なのではなくて？」

彼女は社長令息である彼に色めき立ち、矢継ぎ早に話しかける。

百貨店の外商である以前に、明治から続く名家の跡取りという肩書きがきっと魅力的に映っているのだろう。そのとき美佐子が久能の後ろに控える由乃に気づき、ふと目を瞠って言う。

「あら？　あなた……」

「ご無沙汰いたしております。鷺沢由乃と申します」

由乃が名刺を差し出すと、それを受け取った彼女が困惑した様子で問いかけてくる。

「久能百貨店外商部って書かれているけど、あなたは確か鷺沢社長のお嬢さんよね？」

「はい。六月より、久能百貨店の社員として勤めております」

由乃の言葉を聞いた美佐子が、戸惑いの表情でつぶやいた。

「鷺沢社長は、あの事件のあとお亡くなりになったのでしょう？　本当にご愁傷さま。奥さまは今、何をしていらっしゃるの？」

「母は体調を崩し、実家で療養中です」

「まあ、そう。立て続けにあんなことがあってはショックよねえ」

彼女の言葉を、由乃は複雑な気持ちで受け止める。

口では同情しているように聞こえるものの、美佐子の眼差しには隠しきれない好奇心がにじんでいた。おそらく今の話の内容は、このあと仲間内でお喋りするための恰好の材料になったのだろう。そう考える由乃の横で、久能がにこやかに言う。

「実は宝生さまのお話は、かねてより鷺沢から伺っております。ご主人は美容クリニックを経営されており、その腕の確かさと知名度は全国的です。ご夫妻は弊社の通常カードで年間一三〇万円以上お買い上げいただいておりますし、ぜひお得意さまになっていただきたいと思い、訪問させていただきました」

本来お得意さまカードを持つには厳しい審査基準があり、誰でもなれるわけではないのは周知の事実だ。そんな中、百貨店のほうから「ぜひ顧客になっていただきたい」と言われるのは悪い気持ちではないらしく、彼女は満更でもない表情をしている。

　久能はタブレットを開き、外商顧客になるメリットを丁寧に説明した。限定商品を先行紹介してもらえること、百貨店カードのポイントが優遇されることはもちろん、取り置きや自宅への商品お届けにも対応してもらえ、さらに展示会などの特別招待イベントがあることを説明すると、美佐子の目が爛々（らんらん）と輝き出した。

「実は久能百貨店さんの展示会、前から気になっていたの。一流ホテルで開催されて、わざわざ他県から来る人もいるんでしょう？」

「はい。おかげさまで、毎回大好評をいただいております。宝生さまはどのような商品をお好みになられますか？　弊社は宝飾品や時計、食器、陶磁器、バッグやインテリアの他、美術品や絵画にも力を入れております」

　久能は言葉巧みに美術品に話を持っていき、横で聞いている由乃はドキドキする。

　この家の玄関や廊下、リビングには何枚か絵が飾られているため、まったく興味がないわけではないはずだ。すると美佐子が、お茶を口に運びながら答えた。

「やっぱり興味があるのは、バッグと宝飾品かしら。美術品は夫のほうが熱心だけど、まあ私もそれなりに」

「あちらの棚の上にある陶器の馬のオブジェは、尾立青雲（おだてせいうん）のものですね。灰釉（かいゆう）の色味が素晴らしく、さすがはお目が高いです」

「あら、おわかりになる？」

しばし美術談議で盛り上がり、由乃は久能の豊富な知識に内心舌を巻く。

やがて絵画の話になり、彼が「安曇典靖の作品はお持ちではないか」と問いかけたところ、彼女があっさり答えた。

「うちには一点もないわ。でも素晴らしい作風だし、あってもいいかもね」

この屋敷に探し求めている絵はないと聞き、由乃は安堵とも失望ともつかない複雑な気持ちにかられる。

久能はまったく私情を表に出さず、ニッコリ笑って「そうですか」と言った。そしてタブレットを閉じ、美佐子に入会の意思を確認したあと、にこやかに告げる。

「今後の流れといたしましては、社内審査を行ったあとにお得意さまカードの交付となります。宝生さまと末永くおつきあいさせていただけることを、心より願っております」

「まあ、こちらこそ」

丁寧に暇を告げる挨拶をし、宝生邸を後にする。

門扉から離れ、車に乗り込んだ久能が、小さく息をついて言った。

「ひい祖父さんの絵は、なかったな。空振りだ」

「あの、すみません。わたしがもっとちゃんと思い出せれば、こんなに手間をかけずに済むのに」

「何で鷺沢が謝るんだ？　まったく手がかりがなかったときに比べれば確実に前進してるんだから、君には感謝してる。それに優良顧客を増やせるんだ、友重部長も喜んでいたよ」

彼がエンジンをかけ、緩やかに車を発進させる。

助手席に座る由乃は、久能の言葉を聞いて罪悪感をおぼえていた。

（わたし、宝生家のお屋敷に絵がなかったことに安心してる。……だってそうしたら久能さんとの〝恋愛の練習〟を継続できるから）

そんなことを考えていると、ふいに久能がこちらをチラリと見て言う。

「それより鷺沢、大丈夫か」

「えっ？」

「さっき宝生さまが、君の父親の話をしていただろう。まだ亡くなって日が浅いんだし、思い出してつらくなったんじゃ」

彼の言葉が意外で、由乃は驚きに目を見開く。しかしすぐに面映ゆさをおぼえ、微笑んで言った。

「お気遣いありがとうございます。でも、大丈夫です。知り合いのお宅に伺えば父の話が出るのは、最初からわかっていましたから」

「……そうか」

久能の優しさがじんわりと沁みて、由乃の胸がきゅうっとする。

最初こそ、こちらを腰掛けで就職したと考えて冷ややかな態度を取ってきた彼だが、素は優しい。御曹司で外商という職業柄、いつも完璧に装っている一方、プライベートではラフな服装になるところも心を疼かせてやまない。

加えて、誰もが見惚れるほど端整な容貌の持ち主だ。家柄と容姿、仕事とすべてを兼ね備えた久能は、没落した令嬢である由乃にとって雲の上の存在といっても過言ではない。

今はたまたま絵を探すという目的のために繋がっているにすぎず、残された時間がわずかなのをひしひしと感じる。

（でも久能さんのひいお祖母さまのために、早く絵を見つけてあげたい。何十年も昔の結婚したばかりの頃に、今は亡き夫が自分を描いてくれたものなんだもの。やっぱり取り戻したいよね）

その翌日にはマナースクールを経営する仲舘家、さらに二日後には宝飾デザイナーの上谷家を訪れたものの、そのどちらにも安曇典靖の絵はなかった。

どちらも久能に同行した由乃の姿を見ると驚いた顔をし、仲舘夫人はひどく気遣ってくれたものの、上谷家を訪れた際に同席した令嬢の千鶴はあからさまに揶揄してきた。

「由乃さんのお父さまって、確か鷺沢建設の社長を下ろされてしまったのよね？　そのあと急にお亡くなりになるなんて、本当にお気の毒」

実は彼女は、由乃の大学時代の同級生だ。

年齢が同じということもあり、大学やパーティーで何度か当たり障りのない話をしたことがあるが、派手めな容姿の千鶴とは何となくフィーリングが合わず、特に親しかったわけではない。

それでもこうしてお悔やみの言葉を言われるのは、外商としてありがたいことだ。そう思いながら、由乃は感情を抑えて答えた。

「恐れ入ります」

「確か広尾のお屋敷も差し押さえになったのよね。婚約していた荻原家のご長男とも、破談になったんでしょう？　ね、今までお嬢さま育ちだったのにいきなり働きに出るって、一体どんな気持ち？　私なら耐えられなーい」

薄笑いを浮かべながら繰り出される言葉には明らかに悪意があり、由乃は咄嗟に返す言葉に詰まる。

さすがに上谷夫人が「ちょっと、おやめなさいな」と娘をたしなめたものの、彼女はチラリとこちらを見るだけで謝りはしない。

そんな二人を前にした由乃は、「これが世間の評価なんだ」と考えた。

（贈賄事件を起こして社長を解任されたお父さんは、世間から見れば恰好の噂話のネタなんだ。自宅を差し押さえられたことも、わたしがこうして働きに出ているのも、この人たちにとっては嘲笑の的でしかない……）

惨めさをぐっと押し殺していると、そんな様子を見た久能が何か言おうと口を開きかける。しかしそれより早く由乃は顔を上げ、ニッコリ笑って言った。

「ご心配、誠に恐縮です。父も草葉の陰で喜んでいると思います」

「…………」

「このたびは縁あって久能百貨店に勤めることになり、勉強の日々を送っております。ですが外商はお客さまと密接な繋がりを持ち、さまざまな機微に寄り添う大変やりがいのある仕事です。一日も早く一人前になれるように研鑽を積むつもりでおりますので、どうかご指導ご鞭撻のほどよろしくお願いいたします」

丁寧に頭を下げ、顔を上げた由乃は、久能に視線を向けて言う。

「久能さん、上谷さまに今回の訪問の趣旨をご説明していただけますか」

「ああ」

タブレットを取り出して説明を始める彼を見つめつつ、由乃は背すじを伸ばして座る。

千鶴は面白くなさそうな顔をしていたものの、それ以上嫌みを言える雰囲気ではないのを悟ったらしい。立ち上がった彼女がつんとしてリビングを出ていき、由乃はホッと胸を撫で下ろした。

結局、上谷家には絵がないことがわかり、久能と共に屋敷を出る。時刻は午後六時半を過ぎていて、日没直後の空がオレンジ色に染まっていた。車に乗り込んだ由乃は、苦笑いして言う。

「ひいお祖父さまの絵、ここにもありませんでしたね。三軒目ともなると、ちょっと落ち込んできます」

「――そんなことはどうでもいい」

押し殺した声でつぶやいた内容があまりにも意外で、由乃は「えっ？」と言って彼を見る。久能が強い憤りを秘めた眼差しで言った。

「先ほどの上谷家の令嬢の言葉、君は腹が立たなかったのか？　父親の死やその後降りかかった災難を嘲笑うなんて、人としてどうかしてる。しかも〝外商〟と〝客〟という逆らえない立場でそんなことを言うんだから、より性質が悪い。どこまで性格が歪んでるんだ」

　珍しく彼が怒りをあらわにしていて、由乃は驚きに言葉を失くす。

　普段の久能は冷静沈着で、感情の振れ幅が少ない。ましてや客を悪し様に言ったことはこれまで一度もなく、戸惑いつつ「あの……」と口を開く。

「わたしは全然気にしていません。確かに千鶴さんに直接悪意ある言葉をぶつけられたときは傷つきましたし、一瞬返す言葉に詰まりました。でも、たぶん知り合いのほとんどはああいう目でわたしたちを見ているんだと思います」

　富裕層が集まるパーティーでは、噂話がつきものだ。

　大手ゼネコンの社長として優雅な生活をしていた父が逮捕され、社長を解任された直後に亡くなったという話は、「すわ自殺か」と人々の間で持ちきりになったに違いない。

　実際は病死だったが、その後屋敷を差し押さえられて一家離散になったのだから、面白おかしく噂されていても何ら不思議ではなかった。そう自分に言い聞かせ、顔を上げた由乃は精一杯明るく言う。

「それに友重部長に誘われて久能百貨店に入社できて、本当によかったと思ってるんです。今まで花嫁修業しかしてこなかったわたしが就職先を見つけるのは難しかったでしょうし、外商部の仕事はこれまで培ってきた審美眼を生かすことができます。だから後悔していません」

就職して一番の僥倖（ぎょうこう）は、久能に出会えたことだ。

彼の外商としての勤勉さ、真摯に仕事に取り組む姿勢には尊敬しかなく、いつしかそれが恋心に変わった。毎日職場に行くのが楽しくなり、生活に張りが出て、姿を見ているだけでも幸せだった。

そんな中、久能の曾祖父の絵を探すという目的のもと、束の間でも恋人の真似事ができている自分はきっと幸せなのだろう。しかしここ数日、由乃の心は晴れない。

（わたしが迫ったから、久能さんは一昨日（おととい）も昨夜もキスをしてくれた。そういうときは普段と比べて雰囲気が全然違うし、それはすごくうれしいけど……）

やはり彼は、それ以上の行為をする気にはなれないのだろうか。初めての恋の思い出として、由乃は彼に抱いてもらいたかった。

こうしてリストにある邸宅を訪問するうち、いつか安曇典靖の絵が見つかるかもしれない。そうすると自分たちの関係は終わりで、ただの上司と部下に戻る。

(久能さんほどの家柄の人なら、きっと縁談がいくつもあるはず。いつか家格的に釣り合う相手とお見合いして結婚するんだろうけど、わたし、それを傍で見るのに耐えられるのかな)

犯罪者として逮捕された人間を父に持つ由乃は、本来久能と交際する資格はない。名家ほど体面を重んじるものであり、久能家は由乃が跡取り息子に近づくことにすらきっと眉をひそめるだろう。

(どうせ終わりがくる関係なら、いっそもう諦めたほうがいいのかも。埜口さんが言ってたとおり、深入りせずにいたほうが別れたときの傷は浅い)

そんなことを考えていると、ふいに久能がポンと頭を叩いてくる。

そして由乃を見下ろし、口を開いた。

「つらいなら、『つらい』って口に出していい。鷺沢が絵の発見に繋がる情報を出してくれてうれしかったが、そこを訪問する際のリスクを失念していた。下手に君と顔見知りな分、相手が好奇心で近況を聞いてきたり、さっきみたいに揶揄したりすることがあるんだもんな。そのたびに鷺沢が心を痛めていると思うと、俺も苦しくなる」

「……っ」

彼の声音が心に沁みて、目にじわりと涙が浮かぶ。

ポロリと零れ落ちてしまったそれを慌てて拭い、由乃は小さく謝った。

「すみません。泣くつもりじゃなかったんですけど」

不意打ちでそんな優しい言葉をかけてくるのは、反則だ。

自分たちは恋愛関係ではないはずなのに、その言葉の意味を突き詰めたくなる。久能の優しさに縋りつきたい衝動がこみ上げたものの、「それは駄目だ」と自らを戒めた。

(そんなことをしたら、わたしはこの人に嵌まり込んで逃げられなくなる。期間限定の関係なのに、諦めきれなくなったら……)

そんな由乃の頭を撫で、彼がポツリと言った。

「駄目だな、鷺沢のそんな顔を見ると。──甘やかしてやりたくなる」

「えっ……」

「いつも一生懸命で、慣れない仕事にも真剣に取り組んでいる姿を目の当たりにするうち、力になりたい気持ちでいっぱいになっていた。今もそうだ。心無い言葉に傷ついて、それでも平気なふりをして精一杯笑う姿を見ると、甘やかしたくてたまらなくなる」

　久能の言葉は思いがけないもので、由乃の心臓が跳ねる。

　彼は普段とてもクールで、感情をまったく表に出さない。その反面、客先ではニコニコと愛想のいい外商のお面を被るため、真意がわかりづらかった。

　だが今の発言は、まるでこちらを特別だと考えているかのようだ。由乃が口を開きかけた瞬間、久能が先んじて言う。

「鷺沢。――これから俺の家に来るか？」

「久能さんの家、って……」

「時間的に、今日は会社に戻らずに直帰しても何も問題はない。上谷家で書いてもらった入会の書類を事務方に回すのは、明日でも構わないからな。でも自宅に誘うのは仕事の話じゃなく、今までの関係を一歩進めるためだ。意味はわかるか」

　由乃の頬が、かあっと熱を持つ。

　久能は婉曲（えんきょく）な表現で、キス以上の関係に誘っている。それは由乃が待ち望んでいたことだったが、実際にそうした局面になるとひどく動揺した。

（でも……）

　つい先ほどまで「叶わぬ想いなら、いっそ諦めたほうがいいのか」と考えていたはずなのに、心が揺れる。

久能は初めて自分から好きになった相手で、たとえ期間限定でも恋人になりたいと願った。ならばこの誘いは、大きなチャンスだ。

(わたしは、この人に触れたい。——もっと近づきたい)

心臓がドクドクと速い鼓動を刻んでいた。

かつてないほど緊張しながら由乃は顔を上げ、彼の目を見て答えた。

「わたし、久能さんのおうちに行きたいです。その意味はちゃんとわかっています」

「……そうか」

運転席に身体を戻した久能が、自身のシートベルトを引き出してカチリと装着する。

そしてエンジンをかけ、緩やかに車を発進させた。ハンドルを握る彼の手を見つめながら、由乃はたった今聞いた久能の言葉を反芻(はんすう)する。

(久能さんは、ただわたしに同情してるだけ? 千鶴さんに心無い言葉を投げつけられたわたしがかわいそうだから、慰めようとしてくれてるの……?)

彼の発言に深い意味を求めてしまうのは、ルール違反だろうか。

本当はその真意をしっかり問い質すべきなのだろうが、今この流れを断ち切ってしまうのが怖くて、由乃は口をつぐむ。

外はすっかり日が落ち、空が少しずつ藍色を濃くし始めていた。期待と緊張が入り混じった複雑な気持ちを感じながら、由乃は膝の上の手をぎゅっと強く握りしめた。

＊＊＊

豪邸ばかりが立ち並ぶ通りを抜け、有栖川記念公園から右に曲がる。

六本木にある自宅マンションに向かいながら、久能は先ほどの上谷家でのやり取りを反芻した。

（まさかあの家の令嬢が、鷺沢にあからさまな悪意をぶつけてくるとは思わなかった。人の不幸がそんなに楽しいのか）

外商をやっているとさまざまな富裕層の人間と接する機会があり、彼らが決して聖人君子でないのはよくわかっている。

だが令嬢の千鶴は、鷺沢を見るとき優越感に満ちた顔をしていた。大学の同級生だったという彼女は、おそらくこれまで鷺沢に対してやっかみに似た感情を抱いており、実家が没落したのを幸いと攻撃したのだろう。

普段ならば客にどんなに失礼な口をきかれても、久能は「相手はお客さまだ」と考えて決して言い返さない。しかし千鶴の発言を聞いた瞬間は強い怒りがこみ上げ、彼女に抗議するべく口を開きかけていた。

あのとき湧き起こった衝動について、久能は考える。

（俺は……鷺沢が目の前で傷つけられることに、我慢がならなかった。普段の彼女がどれだけ頑張っているのかを知っているだけに、悪意で揶揄されるのが許せなかった）

上谷邸を出たあとの彼女は気丈に振る舞っており、たまらない気持ちになった久野は「つらいなら、『つらい』と口に出していい」と告げていた。

お嬢さま育ちから一転、社会に出て働き始めた鷺沢は、仕事に馴染むのに相当苦労しているはずだ。慣れないながらも真剣に仕事に取り組む姿勢は評価できるものであり、誰かが馬鹿にしていいものではない。

心無い言葉を投げつけてきた千鶴に対し、彼女は冷静な対応でその場を切り抜けたものの、やはり内心は傷ついていたらしい。先ほど彼女が涙を零したのを見た瞬間、久能は自分の中にある鷺沢への感情がどういうものなのかを自覚した。

（俺は、彼女が好きだ。……一人の女性として、強い庇護欲を抱いている）

最初は没落した元令嬢が楽して稼ぐためにコネ入社をしたのだと考え、不快な気持ちを抱いていた。

だが控えめで真面目な性格の鷺沢には浮ついたところがなく、言われた仕事は時間がかかっても手抜きせずきっちり仕上げてくる。

上質な物に囲まれて育ったがゆえの確かな審美眼があり、かといってそれを誇示するわけではなく必要なときにさらりと出してくる姿勢には好感が持て、いつしか当初感じていた否定的な感情はなくなっていた。

彼女の可憐な容姿やときおり見せる笑顔を「可愛い」と思い始めたのは、一体いつからだろう。当初は〝恋愛の練習相手になってほしい〟というお願いをどうにか煙に巻こうとしていたはずなのに、気がつけば鷺沢を意識している。

彼女に「自分に触れてこないのは、まったく好みじゃないからか」「やはり恋愛感情のない相手には、触れるのも嫌なのか」と言われてキスをしたとき、久能の心は明らかに揺さぶられた。

あれから二人の関係にキスが加わり、少しずつ高まっていく想いがあった。そして先ほど鷺沢への気持ちを明確に自覚し、自宅に誘って今に至る。

（こんなふうに誰かを想うようになるなんて、久しぶりだ。外商部に異動になってからは、仕事に集中してそれどころじゃなかったから）

これまで久能百貨店の社長の息子として出席したパーティーで女性に話しかけられたり、顧客の令嬢にアプローチされたり、縁談を持ちかけられたことは数えきれないほどあるが、そのすべてを断っていた。

それくらい外商の仕事が大変だったからだが、そんな久能の心に彼女はスルリと入り込み、気がつけば大きなウエイトを占めるようになっている。

やがて車は、六本木にあるタワーマンションの駐車場に乗り入れた。ゲートを抜け、定位置に停めた久能は、石造りのアプローチを通ってマンションの内部に入る。すると広々としたエントランスロビーを見た彼女が、感心したようにつぶやいた。

「すごいですね。まるでホテルみたいです」

「俺の部屋は、三十六階にあるんだ」

カードキーでエレベーターを呼び、階数パネルを押す。

箱が上昇するあいだ、鷺沢は無言だった。やがてエレベーターの上昇が止まり、目の前のドアが開く。廊下を進んだ久能は玄関の鍵を開け、彼女を振り向いて言った。

「どうぞ」

「お邪魔します」

入って左側はキッチン、右側はトイレやバスルームといった水回りになっており、リビングは廊下を進んだ正面にある。

室内はシンプルモダンなインテリアでまとめられ、大きな窓からは東京の夜景が眺められた。感嘆のため息を漏らす鷺沢の身体を、久能は背後から抱き寄せる。すると彼女がドキリとしたように身体をこわばらせ、その耳元でささやいた。

「――もしかして誤解しているかもしれないから、説明するけど」

「な、何ですか？」

「俺がこうして君を自宅に呼んだのは関係を進めるためだとは言ったけど、〝恋愛の練習〟ではないからな」

それを聞いた鷺沢が、「えっ？」と言ってこちらを仰ぎ見る。久能は「やっぱり誤解していたか」と考えながら、言葉を続けた。

「最初に絵の捜索に協力するのと引き換えに取引を持ちかけられたとき、俺は鷺沢をただの部下としか思っていなかった。だけど二人で出掛けるようになってから、君を可愛いと思ったり触れたいと思う瞬間があったというのは、このあいだ話したとおりだ」

「……はい」

「それから俺たちの間にキスという要素が加わって、少しずつ自分の中の気持ちが明確になった。俺は鷺沢が好きだ」

彼女が信じられないというように目を見開き、久能を見つめる。

こんな表情をするということは、やはりこちらの気持ちはまったく鷺沢に伝わっていなかったのだろう。そう考えながら、久能は彼女の身体をこちらに向き直らせる。

「まずそもそもが、好意のない相手にキスなんてしない。もしかすると君は本当に恋愛の予行演習がしたくて俺をターゲットにしたのかもしれないが、恋人の真似事をするうちに俺の中には少しずつ募る想いがあった。鷺沢の一生懸命なところや、育ちのよさを感じさせる振る舞い、真面目さを好ましく思っているし、練習相手じゃなく本当の恋人になりたいと考えてる」

「…………」

「明確にそう思ったのは、さっき上谷家であの家の令嬢と鷺沢のやり取りを見たのがきっかけだ。心無い言葉で傷つけられたにもかかわらず、久能百貨店の社員という本分を忘れず対応した君は立派だったし、その反面車の中で涙を零すのを見たとき、強い庇護欲が湧いた。急激に変わってしまった環境の中で、それでも前を向いて頑張ろうとしている鷺沢を、俺が守ってやりたいと思った」

鷺沢の目が、みるみる潤んでいく。

それを見下ろし、久能は「だから」と言って彼女の頬に触れた。

「俺を君の、本当の恋人にしてくれないか？　〝練習〟じゃなく、好きだから鷺沢の傍にいたいし、触れたいんだ」

鷺沢の目から、大粒の涙がポロリと零れ落ちる。彼女が指先でそれを拭い、小さな声で言った。

「わたし……誰でもよかったわけじゃありません。久能さんが好きで、でも近づくにはどうしたらいいかわからなくて、絵の話に便乗して『恋愛の練習相手になってください』って申し出たんです」

確かにあの段階で鷺沢から好意を伝えられても、久能はそれを断っていたかもしれない。上司と部下という関係で交際するのは、あまり褒められたことではないからだ。

彼女が目を伏せ、言葉を続けた。

「それに父親が逮捕されたわたしは、久能さんにふさわしくありません。明治時代から続く老舗百貨店の御曹司であるあなたには、家格が釣り合う令嬢との縁談が降るようにあるはずですから。でも、絵を捜索するあいだの限られた時間ならいいんじゃないか――そんな気持ちがこみ上げて、あんなお願いをしてしまったんです」

鷺沢の目から再び涙が零れ落ち、彼女がこちらを見上げて言う。

「ごめんなさい。久能さんはひいお祖母さまのために一日も早く絵を見つけ出そうとしていたのに、わたしは不純な動機でそれを手伝っていました。もしかしたら、今日訪問した先でひいお祖父さまの絵が見つかるかもしれない。そうしたら久能さんとの関係は終わりなんだって……そんなことばかり考えて」

「そんなの、俺はまったく気にしてない。君にあの絵を目撃した記憶があること、それが直近一年以内で、訪問先がだいたいわかっているという情報は、大きな手がかりだ。しかも訪問先で父親の事件を蒸し返されたり、今日みたいに揶揄されたりするリスクがあるのに、率先して手伝ってくれている。そんな鷺沢には感謝しかない」

「…………」

「それに君が密かに俺を想っていてくれたことが、うれしい。もしかしたらそういう対象じゃないかもしれないと思っていたから」

するとそれを聞いた鷺沢が、目元を赤く染めて答える。

「最初は……わたしにだけ冷ややかな態度を取る久能さんのことが、正直苦手でした。でも指摘したあとはきちんと改めてくれましたし、『先入観に捉われて鷺沢自身の資質を見なかったのは、上司としてあるまじき対応だ』って謝ってもくれました。そんな誠実で真面目な久能さんのことを、気がつけば好きになっていたんです」

久能は彼女の上体を引き寄せ、抱きしめる。そしてその華奢な肢体をつぶさに感じながら、ささやいた。

「要するに俺たちは相思相愛で、これからは〝恋愛の練習〟ではなく本当の恋人っていうことでいいか？」

「……っ、でもわたしと久能さんは、家柄が……」

「そんなのは些末なことだ。俺は相手の家柄を見てつきあうわけじゃないし、鷺沢自身が罪を犯して捕まったわけでもない。何も問題はないよ」

もし万が一両親が何か言うことがあっても、久能は必ず説得するつもりだ。

鷺沢の人間性やマナーはしっかりしており、誰に対しても恥ずかしいなどと思わない。久能がそう告げると、彼女は躊躇いの表情でつぶやいた。

「いいんでしょうか。いつか身を引かなければならないなら、わたし……」

「――もうそれ以上言うな」

鷺沢の身体を抱き寄せ、久能は彼女の唇を塞ぐ。

口腔に忍び込むと小さな舌がビクッと震え、わずかに逃げるような動きをした。それを絡め取り、表面を擦り合わせると、鷺沢がくぐもった声を漏らした。

「ん……っ」

ゆるゆると絡ませ、ときおり息継ぎの時間を与える。

何度も角度を変えて口づけるうち、彼女の身体から力が抜けた。それを抱きすくめ、上から覆い被さるようにキスをすると、鷺沢が潤んだ瞳で訴えてくる。

「……ぁ、久能、さん……」

「ん？」

「立ってられません……」

キスだけで腰砕けになってしまう初心さを可愛く思いつつ、久能は彼女の手をつかんで自身の口元に持っていきながらささやいた。

「こうして自宅まで連れてきたんだから、俺はキスだけで終わるつもりはない。恋人になった君を全部確かめたいと思ってる」

「……っ」

「でも初めての君には、躊躇いもあるだろう。今日はやめておくか？」

鷺沢の爪は華美なネイルなどは施していないものの、手入れが行き届いていてきれいだ。それに唇を押し当てて問いかけると、彼女はかあっと頬を赤らめて小さく答えた。

「わたしも……確かめてほしいです。久能さんに、全部を」

了承の言葉を聞いた久能は、鷺沢を寝室に誘う。

彼女は初めてのため、細心の注意を払わねばならない。そう自身に言い聞かせながら、隣り合ってベッドに座った鷺沢の手を握り、問いかけた。

「君は俺に『恋愛の練習相手になってほしい』って言ったとき、カフェでのデートや手を繋ぐことなんかを恋人らしい行動として挙げたけど、そこに名前の呼び方は入ってないのか？」

「あの……」

「もう恋人同士なんだから、俺のことは名前で呼んでくれるとうれしい」

彼女が「隼人さん、ですか？」とつぶやき、久能は頷く。

「ああ。俺も君のことを、名前で呼ぶよ。〝由乃〟って」

「あ……っ」

目元にキスをすると、由乃がくすぐったそうに肩をすくめる。

頬から耳に唇を滑らせ、音を立ててついばむ動きに、彼女が甘い吐息を漏らした。

由乃をゆっくりとベッドに押し倒した久能は、彼女の上に覆い被さりながらネクタイを緩める。

そしてその身体を、時間をかけて丹念に愛撫した。

「……っ、隼人、さん……っ」

　由乃の身体はほっそりと華奢で、肌が白い。

　適度な大きさの胸は形がよく、清楚で美しかった。唇で全身に触れられた彼女が切れ切れに声を上げ、久能の髪を乱してくる。その手を握り込み、シーツに縫い留めた久能は、舌でじっくりと由乃を啼かせた。

「ぁ……っ、も……っ」

　どのくらいの時間が経ったのか、すっかり脱力してグズグズになった彼女から、久能はようやく唇を離す。

　そして避妊具を着け、由乃の中に押し入った。

「ぅうっ……」

　初めてで苦痛があるのか、彼女が呻きながら顔を歪め、久能は動きを止める。

　そして時間をかけながらゆっくり自身を行き来させ、よくやくすべて収めた頃には身体がかすかに汗ばんでいた。それは由乃のほうも同様で、涙目で浅い呼吸を繰り返す彼女の頬を撫で、問いかける。

「平気か？」

「……っ、はい……っ」

「動くよ」

初めは気遣って緩やかに、馴染んできた頃に徐々に動きを大きくすると、由乃が甘い声を上げる。

潤んだ瞳、汗ばんだ肌、乱れた髪や声も何もかもいとおしく、律動で揺らしながら彼女の頭を抱き込んで髪にキスをする久能に、由乃がきつくしがみついてきた。

「可愛い——由乃」

「隼人、さん……っ」

乱暴にならないように気をつけつつ動きを速めていき、久能はこみ上げる衝動のまま彼女の最奥で膜越しに熱を放つ。

するとと由乃が小さく呻き、ぐったりと脱力した。

「はぁっ……」

その姿はひどくしどけなく、再び欲情を刺激されそうになったものの、久能は自制して後始末をする。そしてベッドに横たわり、彼女の身体を抱き寄せながら提案した。

「疲れただろう。今日はこのまま泊まっていったらどうかな」

すると由乃が、言いにくそうな顔で答える。

「でも、同居する埜口さんに何も言ってきていませんから。最近は朝ご飯を交代で作っているので、前もって何も言わずに外泊したりすると迷惑がかかってしまうんです」

「そうか。同居生活なんだもんな」

しかも彼女は着替えやメイク道具がないと言い、それを聞いた久能は考えながら言う。

「なるほど。だったらうちに君の着替えやメイク道具を用意して、同居人に事前に言えば外泊はOKということか？」

「は、はい」

「だったら全部揃えておく。あとで化粧品のメーカーと型番、好みの服のブランドを教えてくれ」

するとと由乃が仰天し、慌てた顔で訴えてきた。

「そ、そんなことしなくていいです。わざわざ揃えておくなんて」

「俺は外商だから、いくらでも伝手はある。海外在住でときどき日本に戻ってくるお客さまに、『服やメイク道具、アメニティを一式揃えておいて』って言われることも珍しくないし」

「それは、そうかもしれませんけど……」

彼女は金銭面での負担を心配しているようだが、久能は会社員としての月給の他、保有している株式の配当などで月々の収入がかなりあるため、心配には及ばない。

数年間恋愛から遠ざかっていたせいか、由乃を甘やかしたい気持ちがこみ上げて仕方がなかった。彼女の乱れた髪を撫でた久能は、微笑んで問いかける。

「それ以外にも欲しいものがあったら、何なりと言ってくれ」

「欲しいものなんて、何もありません。こうして隼人さんの恋人になれただけで、わたしは充分幸せですから」

由乃が「あの」と言葉を続け、久能を見た。

「さっきはあんなふうに言いましたけど、わたしは隼人さんのひいお祖父さまの絵を探すことに、手を抜くつもりはありません。病気で療養中のひいお祖母さまのため、一日も早く見つかることを願っています」

「由乃がわざと情報を出し惜しみしてるとは思ってないから、安心してくれ。引き続きリストにあった富裕層の人たちにアポイントを取るつもりだし、経済的に問題なければお得意さまカードの勧誘をしていいと友重部長には許可をもらっている。優良なお客さまが増えることは久能百貨店にも利があるんだから、一石二鳥だな」

ただ、今日のように訪問した先で彼女が心無い言葉で傷つけられるのは、耐えられない。だから明日以降は一人で行くと久能が告げると、由乃が首を振って答えた。

「いえ、わたしも行きます」

「でも……」

「知人だからこそ、引き出せる話もあると思うんです。父が罪を犯して逮捕されたことも、わたしが裕福な暮らしから一転して社会人として働いているのも事実ですから、そこからは逃げません。外商の接客相手が富裕層の人間である以上、今後父の事件を知る人と会う可能性は否定できませんし、たとえ何を言われても過剰に卑屈にならないというメンタリティが、今のわたしに必要だと思っています」

はっきりとした言い方には彼女の強い意志がにじんでいて、それを聞いた久能は微笑んで言う。

「君は強いな。見た目はいかにもお嬢さまらしくて優しい感じなのに、ときどきそうやってきっぱりと意思表示をする」

「あの……生意気に見えていたら、すみません」

「全然。自分の考えをしっかり持つのは、いいことだ」

久能はベッドサイドの時計で時刻を確認し、由乃に向かって言った。

「午後八時過ぎか。シャワーを浴びたあと、近くで飯を食わないか？」

「はい」

「一緒に入って、全部洗ってやる。ああ、君の好みのボディソープなんかも用意しておかないとな」

すると彼女がじわりと頬を赤らめ、しどろもどろに答える。

「し、シャワーは一人で浴びますから……」

「遠慮するな」

「遠慮じゃないです。その……恥ずかしくて」

確かに初めて抱き合った直後に一緒にシャワーを浴びるのは、ハードルが高いだろうか。

ましてや由乃にとっては先ほどが正真正銘の初体験だったのだから、羞恥をおぼえるのは当然かもしれない。初心な反応に再び欲望が頭をもたげそうになったものの、久能はそれを理性で抑え込む。

そして彼女の身体を引き寄せ、額に甘く口づけながらささやいた。

「わかった。——じゃあ身支度ができ次第、出掛けよう」

第五章

外商が持ち歩くもののひとつに、ダレスバッグがある。

開口部が大きく開き、側面が膨らんだフォルムの容量の大きなバッグで、鍵つきのものが一般的だ。職業柄、高級時計や宝飾品などを持ち歩くため、施錠できてマチの大きなものが使い勝手がいい。

百貨店によってはアタッシュケースを持ち歩いている場合もあるが、防犯上の観点から、あえて普通のビジネスバッグにしか見えないものをチョイスするのが久能百貨店流らしい。

中に入っているのは、客に商品を説明するためのタブレットや貴金属に傷をつけないための白手袋、伝票、ルーペの他、大判の手帳がある。

顧客の愛用の化粧品ブランドや服のサイズ、誕生日や結婚記念日などを記すもので、まだ特定の客を受け持っていない由乃も購入して訪れた客先で知ったことをすべて書き留めていた。

他にも、身体の寸法を測るためのメジャーも必須で、久能は客先を訪れるたびに

「少しお痩せになりましたか？」「最新の寸法だけ測っておきましょう」と声をかけ、こまめに採寸していた。

自分のデスクで、少しずつ増えてきた顧客メモを眺めた由乃は小さく息をついた。

（他の外商の人たちは皆一〇〇人以上の顧客を持っているんだから、すごいよね。私の手帳はまだスカスカだけど、それぞれのお客さまの情報をみっちり書き込んで管理してるんだもん。隼人さんも、ほんの少し時間が空けば常に自分の手帳を見てるし）

久能の顔を思い出すと、由乃の中にじんわりと面映ゆさがこみ上げる。

彼と想いが通じ合い、〝練習〟ではない恋人同士になったのは、約二週間前の話だ。

絵の情報を求めて上谷邸に行き、そこの令嬢の千鶴に父の事件を揶揄されたのがきっかけだったが、由乃は当初久能は義理で自分とつきあってくれているのだと考えていた。

自分たちの間には恋愛感情はなく、彼は曾祖父の絵の手がかりのために〝恋愛の練習相手〟になっているにすぎない――そう思っていたものの、久能は由乃自身に心惹かれていることを言葉を尽くして伝えてきた。

あれから二週間が経つ現在、彼は理想的な恋人だ。仕事中はクールで私情を出さず、客先に向かう車の中でも馴れ合うような発言は一切しない。

由乃が提出するレポートには忌憚のない意見を述べ、「一人前の外商に育てよう」という強い意志を感じる。

だがひとたびプライベートになると、久能はとことん由乃を甘やかしてきた。外商としてのスキルをフルに使い、自宅マンションに由乃の衣服と通勤用のスーツ、愛用の化粧品やアメニティに至るまですべて揃え、いつ泊まってもいいように準備を整えた。

由乃が「実家を出るときに、かつて持っていたドレスや服、バッグのほとんどを処分した」と言うのを聞いた彼は、一流ブランドのワンピースや小物に至るまですべてプレゼントし、休日は予約が取れないことで有名なフレンチレストランにエスコートしてくれた。

とにかく仕事中とのギャップが凄まじく、久能がそれほどまでに甘い男だと知らなかった由乃は、厚意を受け取ることにひどく恐縮している。何度か「そこまでしてくれなくていいです」と伝えたところ、久能は事も無げに答えた。

『最初に言ったろう？　俺は由乃を甘やかしたいんだ。君に似合うものを選ぶのは楽しいから、黙って受け取ってくれるとうれしい』

正直なところ、父が存命していた頃の由乃は金の価値がさほどわかっていなかった。

経済的に豊かな家庭に育ち、最高級のものを惜しみなく与えられていたが、こうして社会に出てみるといかにお金を稼ぐのが大変かということが身に染みてわかる。

それだけに、金に糸目をつけずにプレゼントされるのはひどく気が引けて、断りたい気持ちでいっぱいだった。だがそれが彼の楽しみだと言われると、反論できない。

（それに……）

強く言えない一番の理由は、久能のことが好きだからだ。

恋人としての彼はとても甘く、さりげないしぐさで愛情を伝えてくる。職場ではクールな久能にそうされると胸がいっぱいになり、甘やかされる心地よさに陶然とするのが常だった。

愛されている実感が一番強まるのは、ベッドの中にいるときだ。初めて抱き合ってからというもの、彼は日を置かずに由乃に触れてくるようになった。

経験の浅いこちらを気遣い、久能は決して独り善がりなやり方をしない。由乃の性感をじっくり高め、さんざん慣らしてからようやく中に押し入ってくるため、二回目以降は最初のときのような痛みを感じずに済んだ。

むしろ最近は快感しかなく、彼との濃密なひとときを思い出した由乃はかすかに頬を赤らめる。

（もう、思い出しちゃ駄目。仕事に集中しないと）

そんな久能は、昨日から出張でいない。

彼の大口顧客である笹川氏は商社の会長で、とある経済シンポジウムのために博多に行っているが、昨日の昼に久能に「悪いが、私のサイズでスーツ一式を持ってきてくれないか」と連絡してきたらしい。

聞けば彼は、ホテルの部屋でシンポジウムの際に着ようと考えていたスーツにうっかりコーヒーを掛けてしまい、大変困っているのだという。それを聞いた久能はすぐに紳士服売場に連絡を取り、急ピッチで笹川のサイズでジャケットやスラックスを直してもらうと、それを持って博多に向かった。

本来なら客が近場で既製品を買うなりして何とかするところだが、そこで頼られるのは外商として誉れなことだ。常日頃から顧客のサイズを採寸し、かつ好みのブランドやシルエットなどを熟知しているからこそ、すぐに対応できる。

仕上がったスーツをわざわざ自分の足で博多まで届けるという久能を、由乃は「すごいな」と思った。

（隼人さんのプロ意識には、見習うところが多い。いつかわたしも自分のお客さまを持ったら、そういう対応ができるようにしなきゃ）

ちなみに久能は昨日博多に立つ直前、由乃に「財前夫人の誕生日が近いから、どんなプレゼントがいいか考えておいてくれ」と宿題を出していった。

御殿山に住む財前家は政治家の家系で、当主は既に政界を引退しており、息子が地盤を引き継いでいる。財前夫人はおっとりした七十代後半の女性で、由乃も久能と共に訪問し、面識があった。

席を立った由乃はエレベーターに乗り、館内の売場を回る。そして婦人服やインテリアの店をじっくり眺め、どういうプレゼントがいいかを吟味した。

「鷺沢さん、どうしたの？　何か探し物？」

顔見知りの売場店員が声をかけてくれ、由乃は事情を説明する。すると彼女たちは最近の流行や機能性などを挙げつついろいろとアドバイスしてくれ、興味深く話を聞いた。

やがて一時間ほどしてオフィスに戻ると、そこには久能の姿がある。由乃は彼に向かって声をかけた。

「久能さん、お疲れさまです。博多から真っすぐこちらに戻られたんですか？」

「ああ」

彼は疲れた様子は微塵も見せずに自身のパソコンに向かい、出張中に届いていたメールの返信をしている。そして手を止めずに問いかけてきた。

「鷺沢、俺が行く前に言った宿題についてはどうなった？」

「財前夫人への、お誕生日プレゼントですよね。わたしが選んだのはこれです」

　タブレットで商品ページを表示して久能に見せると、彼は眉を上げて言った。

「ミーラ・アボンディオのブランケットか。イタリアのラグジュアリーブランドだな」

「はい。肌触りに優れた希少なベビーカシミヤを贅沢に使っていて、品質のよさとデザイン性は折り紙つきです。実際に触れてみると生地の風合いがうっとりするほど素晴らしくて、これから秋にかけて少しずつ気温が下がっていく中、夜の読書のときなどに膝掛けとして使うのにぴったりではないかと思いました。身の回りのものにこだわりを持っていらっしゃる夫人に、きっとお気に召してもらえるのではないかと」

　由乃が選んだものはもうひとつあり、イタリアの老舗テーブルウェアブランドであるラヴェッリのティーカップとソーサーだった。

「こちらは中国の景徳鎮(けいとくちん)にインスパイアされたシリーズで、オリエンタルな柄と湖を思わせるクリアな水色(アッズッロ)カラーが優雅で素敵です。夫人は紅茶がお好きだと伺ったので、いかがかなと考えたのですけど」

するとそれを聞いた久能が、微笑んで言った。

「合格だ。一度会っただけの財前夫人の好みを、よく把握している。誕生日のプレゼントはこれにしよう」

彼に褒められた由乃は、うれしくなる。

プレゼント代は彼が自費で支払うと言ったため、売場にその旨を伝えて伝票処理をしてもらった。そしてきれいにラッピングされた品物を手に、従業員用エレベーターに乗り込む。

（隼人さんに出された宿題、ちゃんとこなせてよかった。明日はこれを夫人に届けたあと、伊吹さまのお宅の訪問だっけ）

伊吹家は画廊を営む、五十代の夫婦の家だ。

由乃が過去一年間に訪問した邸宅のひとつとして挙げた家で、毎週のようにホームパーティーを開催する派手好きな夫婦として知られている。

その日、由乃は次の日に客先に持参する手土産のお菓子の手配を終え、午後六時に退勤した。そして職場から三駅離れたカフェでお茶を飲みつつ、タブレットを開いてハイブランドの新作情報をチェックする。

やがて三十分ほど経ったところで、スマートフォンにメッセージが届いた。送ってきたのは久能で、「あと五分で着く」と書かれており、会計を済ませて店の前で待つ。

すると見慣れた黒塗りの高級車が目の前で停車し、由乃は助手席のドアを開けて笑顔で声をかけた。

「隼人さん、お疲れさまです」

「お疲れ」

オフィスにいるときは至ってクールな彼は、今は柔和な表情だ。

それは顧客の前での笑顔とは違い、恋人である自分の前でこそ見せる顔で、由乃の胸がきゅうっとする。走り出した車の中、久能に向かって問いかけた。

「今日はどこに行くんですか？」

「西麻布にある、寿司屋だ」

「楽しみです」

店に到着するまでの二十分余りのあいだ、由乃は博多に行っていた彼の土産話を興味深く聞いた。そして江戸前寿司でありながらソムリエがいる店で、寿司とワインとのマリアージュを愉しみ、六本木にある久能のマンションへと向かう。

「あ……っ」

玄関に入るなり身体を引き寄せられ、由乃は彼に口づけられる。

舌を絡められると陶然とし、思わず甘い吐息を漏らすと、唇を離した久能がささやいた。

「たった一晩しか離れていないはずなのに、職場で由乃の顔を見たときはずいぶん久しぶりな気がした。いい歳をした大人のくせに、呆れるほど君に嵌まってる」

「……隼人さん」

ストレートに愛情を伝えてくる彼を前に、由乃はうれしさとくすぐったさが入り混じった思いで胸がいっぱいになる。

とはいえその気持ちは、こちらも同じだ。恋人同士になって二週間、仕事でもプライベートでもほぼ一緒にいるのに、それでも足りない。久能の傍にいたくて、声が聞きたくて、触れ合いたくてたまらなくなっている。

（恋がこんなに盲目的になるだなんて、知らなかった。今まで経験がなかった分、余計に歯止めが利かなくなってるのかも）

彼が惜しみなく愛情を注いでくれることが、そんな気持ちを加速させているのかもしれない。最初は遠慮があってなかなか自分の気持ちを口に出せなかった由乃だが、今は久能がしてくれることに応えたいという思いでいっぱいになっていた。

彼の頬に触れ、端整な顔の輪郭をなぞりながら、由乃はささやくように言った。

「好き、隼人さん。……たった一晩なのに、わたしも会いたくて仕方ありませんでした」

「昨夜はシンポジウムのあとの親睦会や二次会にお供していて、君と電話ができなかったからな。でも、声が聞きたいと思っていた」

再び唇を塞がれ、由乃はそれを受け止める。

オフィスでは何食わぬ顔で仕事をしている自分たちが実は恋人同士であるなど、きっと誰も気づいていないに違いない。だが秘密が余計に恋を燃え立たせていて、こうして終業後に二人きりになると想いが溢れて止まらなかった。

ソファに誘われ、座った久能の膝の上に向かい合う形で抱き寄せられる。耳元に触れた手で思わせぶりに首筋を撫でられて、ゾクゾクとした感覚がこみ上げた由乃は、かすかに声を漏らした。

「ぁ……」

大きな手は温かく、細い首筋を愛でるように撫でられると陶然としてしまう。

その腕をつかみ、久能の手のひらに頬を擦り寄せると、彼が微笑んで言った。

「……可愛い。由乃」

「んっ……」

後頭部を引き寄せ、深く口づけられる。

久能の首に腕を回して遠慮がちに応えた途端、ますます熱心に貪られた。彼の手が胸のふくらみに触れ、やんわりと揉まれる。ブラウスの前ボタンを開け、直接素肌に口づけられると、声を我慢できなくなった。

大きな窓からの薄明かりが差し込む室内に、由乃の声が切れ切れに響く。完全な闇ではないところで素肌を晒(さら)しているのが恥ずかしいが、それがかえって官能を高めているのも否めなかった。

向かい合う姿勢で久能を受け入れた由乃は、小さく呻いた。

「う……っ」

「苦しいか？」

「平気、です……あっ！」

腰をつかんで突き上げられ、律動に揺らされる。

強い圧迫感はあるものの苦痛はなく、身体の奥からどんどんこみ上げる快感に由乃は喘(あえ)いだ。彼のほうもかすかに息を乱しており、その色っぽさにクラクラする。

思わずその頭を腕の中に抱え込むと、胸のふくらみを舐められ、ビクッと身体が震えた。

「……っ」

どんなことをされても気持ちよく、体内にある楔（くさび）をきつく締めつけてしまう。

すると久能が熱い息を吐き、由乃の身体をソファの座面に押し倒して、深く腰を入れてきた。より激しくなった律動に揺らされ、身も世もなく喘がされる。ほぼ同時に果てた瞬間、互いに汗だくで息を乱していた。

「はぁっ……」

心臓が早鐘のごとく鳴り、快楽の余韻に震える内部が断続的に彼を締めつけている。上に覆い被さった久能もわずかに髪が乱れており、それでも端整さを失わない容貌に胸がきゅうっとした。

（こんなに素敵な人がわたしの恋人なんて、嘘みたい。……前の婚約者から縁談を破談にされたわたしは、この人に釣り合わないと思っていたのに）

実家が没落した途端、周囲の人々にこぞって手のひらを返されたことは、由乃の心に暗い影を落としていた。

生まれてからずっと周囲とは円滑な人間関係を築けていると思っていたが、それは大企業の社長令嬢という身分あってのことで、失った今は無価値に等しいらしい。

老舗百貨店の御曹司である久能と、父親が逮捕された身である自分は釣り合わないいた。

——そう思うのに、恋人同士になった途端、由乃はどうしようもなく彼に心惹かれて

会えばうれしくて、抱きしめられれば安心する。だがふとした瞬間、「一体いつま
でこんな日が続くのだろう」という考えが頭を掠め、苦しくなっていた。

(たぶん隼人さんは、近い将来家柄が釣り合う令嬢とお見合いするに決まってる。そ
のときわたしはどうしたらいいんだろう)

たとえ久能が愛してくれていても、彼の家族は没落した家の娘を息子の交際相手と
して認めないはずだ。

名家であればあるほど結婚には利害が絡み、当事者の気持ちは二の次になる。現に
由乃も、以前そうして親が決めたお見合いで婚約させられた。

(だから……)

考え込んでいると、そんな由乃を見た久能がふいに「どうした?」と問いかけてき
た。

「えっ?」

「そんな顔して。もしかしてどこか痛くしたとか」

「ち、違います。ちょっと疲れてしまっただけで」

咄嗟に誤魔化したところ、彼が苦笑して言う。

「最近は会うたびに抱き合ってるもんな。少し自制しないと、由乃に愛想を尽かされそうだ」

「そんなことないです。わたしは隼人さんとこうしていられるだけで、すごく幸せですから」

それを聞いた久能が微笑み、由乃の手を引いて起き上がらせながら告げる。

「一緒に風呂に入ろう。注文していたバスバブルが届いたんだ。由乃も気に入る香りだといいんだけど」

五つ星ホテルでも使われているラグジュアリーな入浴剤をわざわざ取り寄せてくれたのだと聞き、由乃は「楽しみです」と答える。

それから二人で泡風呂を愉しみ、ドライヤーで髪まで乾かしてもらった。由乃がメイクを直していると、リビングで久能のスマートフォンが鳴り、彼が「ちょっとごめん」と言って電話に出る。

「はい、久能です。……梶本？」

久能がチラリとこちらに視線を向け、寝室に行ってしまう。

そのままドアを閉められてしまい、由乃は「仕事の電話だろうか」と考えた。

（梶本さんって、インテリア部門のバイヤーのあの人かな。……久能さんと直接電話でやり取りするんだ）

彼は数分で電話を終えて出てきて、夜の十時半に自宅アパートまで送ってもらう。

翌日は午前中に財前家に向かい、久能が夫人に誕生日プレゼントを手渡すと、彼女が微笑んで言った。

「久能さんは毎年いろいろなものをプレゼントしてくださるけど、今回もとても素敵ね。優しい風合いのブランケットとティーカップなんて」

「実はこちらの品を選んだのは、鷺沢なのです。夫人に喜んでいただける品を吟味し、決定したそうで」

「まあ、そうなの。うれしいわ」

財前夫人に喜んでもらえ、由乃は心からホッとした。

和やかに歓談して財前邸を辞し、午後からは青葉台にある伊吹邸に向かったが、周囲はとにかく坂が多く豪邸が立ち並んでいた。

その中でもひときわ大きいコンクリート造りの邸宅のインターホンを押すと、家政婦が応答して来客用のガレージのシャッターが開く。

車を降りた由乃は身だしなみをチェックし、スカートについていた糸くずを払った。

そして玄関に向かい、ドアを開けてくれた中年の家政婦に久能が挨拶する。

「久能百貨店外商部から参りました、久能と申します。ご主人とお約束があり、お伺いいたしました」

「どうぞお上がりください」

通された建物の中はスタイリッシュな雰囲気で、あちこちにアート作品や絵画が飾られている。当主の伊吹浩司は画商のため、美術品には目がないのだろう。

リビングにいた夫妻に挨拶すると、彼らはすぐに由乃の素性に気づいたようだった。

「君は鷺沢さんのお嬢さんだね。どうしてここに」

「ご沙汰いたしております。六月より、久能百貨店の外商部に勤務しております」

夫妻に問われるまま、由乃は自身の近況を丁寧に話す。

すると二人はいたく同情してくれ、久能百貨店の外商顧客になる話にも興味を持ってくれた。

「でもうちは、父の代から四ツ田百貨店にお世話になっていてね。そういうのが被っても構わないのかな」

「お客さま次第です。経済的に余裕のあるご家庭であれば、複数の百貨店のお得意さまカードをお持ちになっているのも珍しくありません」

「なるほど」

今回は伊吹が画商ということもあり、美術品の話に花が咲く。しばらく会話が盛り上がったところで、久能が「実は」と切り出した。

「私の曾祖父は画家で、生前は数々の作品を発表しておりました。伊吹さまはご存じでしょうか」

「もしかして、安曇典靖かな。久能百貨店の社長を五十歳の若さで退いたあと、画壇デビューした」

「はい。さすがは伊吹さま、ご存じだったのですね」

久能が「曾祖父が画壇デビューする三十年ほど前に描いた、『芍薬と女』という絵を探している」と告げると、伊吹が眉を上げて答えた。

「その絵なら、うちが所有していたよ」

「本当ですか?」

由乃は驚き、彼を見つめる。

自分が以前絵を見た場所は、この屋敷だったのだ。ついに見つかったことに興奮して思わず久能に視線を向けると、彼は冷静な表情で伊吹に向かって問いかけた。

「今、伊吹さまは『所有していた』と過去形でおっしゃいましたが、現在はお手元にないという認識でよろしいでしょうか」

「ああ。以前はこの屋敷に飾っていたが、僕の手元にはもうない。他の人にぜひにと請われて、譲ってしまってね」

（そんな……）

せっかく見つけたと思ったのに、作品は既にここにはないと聞き、由乃はひどく失望する。

しかし一番がっかりしているはずの久能はそれを表情に出さず、丁寧な口調で言った。

「実は私が安曇典靖の絵を探している理由は、自身の曾祖父の作品だというのはもちろん、曾祖母のためなのです。彼女は現在九十六歳と高齢で、体調を崩して入退院を繰り返しております」

彼は曾祖母の芙美子が夫が自分を描いてくれた絵を見たがっていること、元々自ら手放したわけではなく、屋敷の使用人によって無断で持ち出されて売却されたものであるのを説明する。

そして伊吹に向かって深く頭を下げた。

「本来このようなお願いをすることは、私の立場では僭越であると充分承知しております。ですが余命わずかな曾祖母に、一目だけでも曾祖父が描いた絵を見せてあげたいのです。ですからどなたに『芍薬と女』の絵を譲られたのか、教えていただけないでしょうか。お願いいたします」

久能の言葉を聞いた伊吹夫妻が、戸惑った様子で顔を見合わせている。

それを見た由乃はたまらなくなり、「あの」と声を上げた。

「わたしからも……どうかお願いいたします。久能はこれまであの絵をずっと探し続けていて、伊吹さまの情報がようやく見つけた唯一の手がかりなのです」

久能と同様に深く頭を下げると、伊吹が小さく息をついて答える。

「顔を上げてもらえるかな。安曇典靖が久能くんの曾祖父なのは知っているし、『芍薬と女』のモデルとなった夫人が一目だけでも絵を見たいという気持ちは充分理解できる。本来は個人情報の観点から譲った人物が誰かを明かすことはないが、今回は仕方ないだろう」

「では……」

久能がつぶやくと、彼が頷いて答えた。

「僕が絵を譲った相手は、飛鳥井(あすかい)銀行頭取の荻原充明(たかあき)氏だよ。彼は美術品の蒐集(しゅうしゅう)が趣味で、安曇典靖の若かりし頃の作品だと言うと、『ぜひ譲ってほしい』と申し出てきた」

「――――」

その名前を聞いた由乃は、驚きに言葉を失くす。

それに気づいた久能が、不思議そうに「鷺沢？」とこちらを見た。伊吹が由乃に視線を向け、再び口を開く。

「鷺沢さんは、よく知っている人物だろう。既に面識があるなら、取引はスムーズにいくかもしれないね」

「……はい」

久能が問うような視線を向けてきて、由乃は小さな声で告げる。

「――あとで詳しく説明します」

伊吹夫妻が久能百貨店の外商カードを前向きに検討してくれたこと、そして安曇典靖の絵の行方がわかったことは、大きな収穫となった。

玄関先で靴を履いた由乃と久能は、二人に向き直って丁寧に頭を下げる。

「伊吹さま、本日は大変充実したお話をさせていただき、ありがとうございました。

お得意さまカードの発行につきましては、後日ご連絡いたします」

「ああ」

「では、失礼いたします」

伊吹邸を辞し、車に乗り込む。

ガレージのシャッターが目の前で上がっていき、久能が緩やかに車を発進させるのを助手席から見つめる由乃は、複雑な気持ちでいっぱいだった。公道に出て徐行で坂道を下りつつ、彼が感慨深げに口を開く。

「やっとひい祖父さんの絵の、現在の持ち主が見つかったな。君が伊吹さまを紹介してくれたおかげだ」

「そんな。実際に伊吹さまから話を聞き出したのは、久能さんですから」

久能が「ところで」と言って、チラリとこちらを見た。

「さっき飛鳥井銀行頭取の荻原氏のことを、伊吹さまは『鷺沢さんはよく知っている人物だ』と言っていた。もしかして知り合いなのか？」

「あの……」

わずかに言いよどんだ由乃は、膝の上の手をぎゅっと握り合わせて答える。

「実は荻原充明さんは……わたしの婚約者だった男性の、お父さまなんです。結納のときに顔合わせをしましたし、その後もあちらのおうちに伺う機会が何度かありましたから、面識があります」

「――……」

彼が驚きに目を瞠り、言葉を失くす。

安曇典靖の絵の現在の持ち主が荻原家だと聞いた瞬間、由乃も驚いていた。前に目撃したのは伊吹邸が所有していたときだが、その後売却された先が荻原家であるとは、何という運命の悪戯(いたずら)だろう。

久能が複雑な表情で問いかけてきた。

「初めて一緒に飲んだとき、君は婚約者側から『婚約を一旦保留にしたい』という手紙を受け取って、結局自分から破談を申し入れたんだと言っていたな。その後、先方と接触は？」

「ありません。婚約者だった陸斗さんとも直接話さないまま、婚約破棄になりましたから」

だが絵の所有者が荻原家だというのは、チャンスではないのか。

かつて婚約していたのだから、由乃は彼らと面識がある。これまで訪問してきた富裕層の人々より格段に親しく、絵の売却交渉はスムーズにできそうだ。

由乃は顔を上げ、久能を見て言った。

「わたし——ご長男の陸斗さんに、連絡を取ってみます。そして『芍薬と女』のことについて問い合わせ、売っていただけるかどうかを交渉してみたいと思います」

するとと彼が、気遣う表情で言う。

「直接相手に会うのは、気まずくないか？　何しろ元婚約者だという間柄だし、俺が連絡を取ったほうがいいんじゃ」

「大丈夫です。わたしが久能さんのお役に立ちたいんです。どうかお任せください」

由乃が言葉に熱を込めてそう告げると、久能が小さく息をついて答える。

「わかった。とりあえず君に任せるが、もし途中で負担に感じたり、難航しそうになったら言ってくれ。すぐに対応する」

「ありがとうございます」


由乃が荻原家長男である陸斗と見合いをしたのは、昨年の十二月の頭だ。

半年後に挙式することが決まり、本来なら六月の大安の日に結婚するはずだった。

しかし二月の半ばに父の辰彦が逮捕されてからは没交渉となり、それまで週に一、二回のペースで会っていた彼とは破談以降一度も顔を合わせていない。

　伊吹邸から会社に戻った由乃は、午後六時に退勤してから陸斗に電話をかけた。一度目は留守番電話になってしまい、「もしかして、わざと出なかったのだろうか」と考えたものの、十分ほどして折り返しの電話がある。

　スマートフォンのディスプレイに指を滑らせた由乃は、「はい」と応答した。すると電話の向こうで彼が言う。

『すみません、先ほどこちらの携帯に着信があり、お電話したのですが』

　懐かしい声を聞いた由乃は、にわかに緊張が高まるのを感じる。スマートフォンを持つ手に力を込めながら、口を開いた。

「荻原陸斗さんでいらっしゃいますか？　ご無沙汰しております、鷺沢由乃です」

　由乃の声を聞いた陸斗が驚いたように息をのんで答える。

『由乃さん？　久しぶり、元気にしてた？』

「はい、おかげさまで」

『お父さんのこと、ご愁傷さまでした。いろいろ家のほうが混乱していると聞いて、邪魔になっていけないと考えて挨拶に行けず、申し訳ない』

　確かに辰彦の死後は混乱しており、屋敷から退去しなければならなかったりとバタバタしていたが、それは彼が弔問に訪れなかった理由としては弱い。

とどのつまり、荻原家は混乱に乗じてフェードアウトを狙ったのだろう。しかし由乃は、それを責めるつもりはなかった。

（わたしと陸斗さんの縁談が決まったとき、うちは大きな会社を経営していて、世間的には名家と言われる家系だった。でもお父さんが逮捕されたことでその名声は地に落ちてしまったし、屋敷も退去して向こうが求めている家柄はもうない。結婚を破談にされても仕方がなかったんだって、よくわかってる）

そう考えながら、由乃は穏やかに告げた。

「謝らないでください。むしろこちらが謝らなければならない立場なのは、よくわかっています」

一旦言葉を切った由乃は、「実は」と用件を切り出す。

「陸斗さんにお電話を差し上げたのは、折り入ってご相談したいことがあったからなんです。誤解しないでいただきたいのですが、決して借金の申し込みなどではありません。荻原家が所有している絵についてお聞きしたくて」

すると陸斗が意表を突かれたように、「絵？」とつぶやく。

「はい。直接会ってお話ししたいので、お時間をいただけないでしょうか」

あまりにも意外な用件にかえって興味をそそられたのか、彼が「いいよ」と答える。

『僕はもう仕事が終わったから、これから時間が取れる。よかったら待ち合わせしようか』

飛鳥井銀行の本店に勤める陸斗は、待ち合わせ場所に自身の職場に程近い丸ノ内のカフェを指定してきた。

由乃は了承し、電話を切る。久能百貨店がある日本橋から待ち合わせ場所までは、タクシーで七、八分くらいだ。今日は久能が会議で帰りが遅くなるといい、陸斗と会うのにちょうどいい。

カフェに到着したのは、午後六時半くらいだった。アイスティーをオーダーし、しばらくしたところで、横から「久しぶり」という声が聞こえる。

「……陸斗さん」

そこに立っていたのは、仕立てのいいスーツに身を包んだ二十代後半の男性だった。整った顔立ちをした彼は細身の体型で、スタイリッシュに整えた髪や磨き上げた靴、スーツの袖口から見える腕時計などがノーブルさを醸し出している。

由乃は席から立ち上がり、陸斗に丁寧に頭を下げた。

「お久しぶりです。その節は、こちらの身内の騒動で何かとご心配ご迷惑をおかけし、大変申し訳ありませんでした」

「ああ、堅苦しい挨拶はいいよ。元気そうだね」

向かいの席に座った彼は、水を持ってやって来た店員にアイスコーヒーをオーダーする。そしてダークスーツ姿の由乃の姿をしげしげと眺めて言った。

「そんな地味な恰好をしてるなんて、もしかして今は働いてるの？」

「はい。久能百貨店の外商部に勤務しております」

差し出した名刺には〝久能百貨店外商部　鷺沢由乃〟と書かれている。それを見た陸斗が、驚きの顔でつぶやいた。

「由乃さんが外商部なんて、意外だな。どうしてそんなことに」

由乃は懇意にしていた外商の友重に誘われたこと、六月から中途採用で入社し、今は見習いという形で先輩社員に同行していることを説明する。

するとと彼は同情の眼差しで言った。

「君のような令嬢が、あくせく働くようになるなんて。確かにお父上が亡くなられてやむを得ない事態なのかもしれないけど、職場でつらい思いをしてるんじゃないか」

確かに苦労知らずの令嬢がいきなり社会の荒波に放り出されれば、そんなふうに考えられて当然だろう。そう思いつつ、由乃は微笑んで答える。

「外商の仕事は幅広い商品知識やマナー、高い接客スキルが求められるため、非常に大変な仕事です。でもとてもやりがいがありますし、楽しく仕事をしています」

それからしばらく、互いの近況を語り合う。

陸斗は父親が頭取をしている飛鳥井銀行の本店に勤務しており、法人営業部に在籍しているらしい。銀行の法人営業部といえば、東証一部上場などの大企業のみを顧客とし、融資額も桁違いの花形部署だ。来年はグループの証券会社に出向が決まっていて、出世街道を着々と歩んでいるという。

(だからこそ、お父さんはわたしの結婚相手を陸斗さんに決めたんだよね。……もう過去の話だけど)

話が一段落したところで、由乃は本題を切り出す。

「陸斗さんにご連絡した理由は、とある絵画についてお聞きしたいことがあったからです。こちらを見ていただけますか」

スマートフォンに表示したのは、久能から送ってもらった絵の写真だ。ディスプレイを陸斗のほうに向け、由乃は説明した。

「これは安曇典靖という昭和期の洋画家が描いた、『芍薬と女』という絵です。五十代で画壇デビューした遅咲きの画家ですが、これは彼が二十一歳の頃、結婚したばかりの新妻を描いたものだそうです」

由乃は一旦言葉を区切り、彼を見つめて問いかけた。

「実は画商の伊吹幸司さんから、この絵を荻原家にお譲りしたというお話を聞きました。それで現在お手元にあるかどうかを確かめたく、陸斗さんに連絡を取ったんです」

すると絵の写真を見た陸斗が、事も無げに答える。

「確かにこの絵は、現在うちにあるよ。父が伊吹さんのお宅に飾られているのを見て、『ぜひに』と言って売ってもらったって言ってた」

「本当ですか？」

ついに絵の在処が特定でき、由乃の気持ちが高揚する。向かいに座る彼に対し、勢い込んで言った。

「不躾なお願いで申し訳ありませんが、この絵をぜひお譲りいただけないでしょうか。安曇典靖の奥さまが、お手元に買い戻したがっているのです」

「ちょっと待ってよ。いきなりそんなふうに言われても、すぐには答えられない。所有者は僕ではなく父だし」

陸斗の言葉に少し冷静になった由乃は、居住まいを正して答える。

「そうですよね、大変失礼いたしました。ではお父さまに直接交渉したいと思いますが、よろしいでしょうか」

「全然話が見えないんだけど、そもそも君はどうしてこの絵を欲しがってるの？　その作者の妻とかいう人と、一体どんな関係？」

「それは……」

——由乃は説明した。

安曇典靖は久能百貨店の二代前の社長で、五十歳でリタイア後に念願だった洋画家になったこと。若かりし頃から絵が好きだった彼は、結婚後に自身の妻・芙美子の絵を描き、彼女もそれを気に入っていたこと。

しかし屋敷の使用人が勝手に絵を持ち出して売却し、数十年に亘って行方不明になっていたこと——。

「実はわたしの外商部の指導係は久能隼人さんといって、久能社長のご子息です。彼は高齢で既に余命宣告を受けている曾祖母の願いを叶えるため、ずっと『芍薬と女』を探し続けていたのですが、たまたまその話を聞いたわたしが絵に見覚えがあることに気づき、捜索に協力していたんです」

これまで心当たりのある富裕層の家を何軒も回り、ようやく荻原家に辿り着いたのだと語ると、陸斗が「ふうん」と興味深そうにつぶやく。

「安曇典靖って、かつて久能百貨店の社長だった人なのか。全然知らなかった」

「本名は久能典靖といい、〝安曇〟は奥さまの旧姓で、二つを組み合わせたものを画号にしたと聞きました」

「へえ。で、この絵を買い戻したいと？」

由乃は頷いて答えた。

「相場以上の価格で買い取りたいとのことですが、現在の所有者である陸斗さんのお父さまのご意向が第一ですし、それは無理強いできません。もし売却が叶わないのであれば、一目だけでも曾祖母に見せてあげてほしいというのが、久能さんの希望です」

すると彼は、椅子に背を預けて言った。

「なるほどね。ところで由乃さんとその指導係の久能さんって、一体どういう関係？」

「えっ」

「ただの上司と部下で、そこまで肩入れするのっておかしくないかな。だって曾祖父の絵に関しては、完全に業務外なわけだろう？」

陸斗の問いかけに、由乃は「それは……」と言いよどむ。

自分と久能は恋人同士であり、だからこそ彼の役に立ちたくて絵の捜索に協力していたが、元婚約者である陸斗にそれを告げるのは気が引ける。

言いよどむ由乃を、彼はしばらくじっと見つめていた。やがて陸斗がニッコリと笑い、切り替えるように言う。

「なんてね。君のプライベートに踏み込みすぎてしまったな、許してほしい」

「いえ」

「絵は確かに当家にあるけど、さっき言ったとおり所有者は僕ではなく父なんだ。今この場で売るかどうかを答えることはできないから、一旦話を持ち帰らせてもらって構わないかな」

「はい、もちろんです」

何とか前向きな方向に話を持っていけそうで、由乃はホッとする。

彼がスマートフォンを取り出し、言葉を続けた。

「改めて連絡先を交換しよう。由乃さんはいつも、今くらいに仕事が終わるの？」

「日によってまちまちですが、スマートフォンはいつでもチェックできます」

「そっか」

席を立った陸斗が当たり前のように伝票を手に取り、それを見た由乃は慌てて言う。

「呼びつけてしまったのはこちらですから、ここはわたしに払わせてください」

「気にしなくていいよ。女の子に奢(おご)られる趣味はないからね」

会計を済ませ、外に出る。由乃が礼を言うと、陸斗が微笑んで答えた。

「じゃあ、近いうちに連絡するから」

「はい。本日はわざわざご足労いただき、ありがとうございました」

＊＊＊

中央区(ちゅうおう)にあるS総合病院は、富裕層御用達だ。

内科や呼吸器科、循環器科を始めとした数多くの科目を診療し、入院しているのはいわゆるセレブといわれる人々や芸能人などが多い。

個室はバスルームやトイレ、洗面所を完備しており、来客対応するためのソファやテーブル、洋服を収納するクローゼットまであって、その優雅な雰囲気はまるで高級ホテルのようだ。

外商という職業柄、入院した顧客の見舞いのためにこうした病院を訪れることが多い久能だが、今日の目的は違う。入院患者の夕食が終わった午後六時半、上階にある病室を訪れると、広い病室の中でベッドで身体を起こした曾祖母の芙美子がこちらを見て微笑んだ。

「わざわざ来てくれたのね、隼人。仕事が忙しいでしょうに」

齢九十六歳の彼女は小柄で、品のいい女性だ。

旧財閥の流れを汲む安曇家の令嬢で、曾祖父とは見合い結婚だったというが、二人は大層仲睦まじい夫婦だったらしい。

芙美子は典靖の一番の理解者であり、彼の絵の才能をこよなく愛していた。彼女をモデルにした絵は数枚あるというが、そのどれもが妻への愛情と美貌への称賛を惜しみなく描いており、秀作ばかりだ。

しかし彼女自身が一番思い入れがあるのは結婚当時に描いた『芍薬と女』で、久能がそれが見つかったと報告すると驚いた顔をした。

「まあ、本当なの？　あの絵が……」

「現在の所有者にはまだ直接コンタクトを取れていないし、売買交渉が上手くいくかもわからない。だが、他に転売をしていないことは確認が取れている」

するると芙美子は目を潤ませ、懐かしそうに言った。

「あの絵は、私と典靖さんが結婚してひと月くらいのときに描いたものでね。晩年のタッチと比べるとだいぶ粗削りだけれど、構図や色味が一番好きな作品だったの。そう、隼人が探し出してくれたのね」

しばし彼女の思い出話につきあっていた久能だったが、つき添いをしている家政婦に「お疲れになってしまうので、そろそろ」と目線で合図され、話を切り上げる。

「絵について詳しいことがわかり次第、また報告するよ。だから早く体調を整えて、自宅に戻ってこれるように頑張ってくれ」

「ええ。ありがとう」

家政婦に「あとはお願いします」と頭を下げた久能は、病室を出る。

そして磨き上げた廊下を歩きつつ、小さく息をついた。『芍薬と女』の現在の所有者について画商の伊吹から聞き出すことができ、それが飛鳥井銀行頭取の荻原充明だと判明したのは、三日前の話だ。

しかも彼は由乃の婚約者だった男性の父親であることがわかり、偶然の巡り合わせに驚いた。

(彼女が以前婚約していて、父親の死をきっかけに破談になったのは聞いていたが、まさかその相手の家にひい祖父さんの絵があるとはな。びっくりだ)

かつての婚約者の家が絵を所有しているのだと知った彼女は、交渉役を買って出た。

まったく知らない相手が連絡を取るより、多少なりとも交流があった自分が交渉したほうが話がまとまりやすくなる——という意見には一理あったものの、複雑な気持ちになったのも否めない。

久能は由乃の現在の恋人で、つきあい始めて三週間余りになる。彼女への愛情は日々増す一方で、甘やかしたい気持ちがこみ上げて仕方がなかった。

交際は順調ではあるものの、三日前から由乃とプライベートで会えていないのが久能の目下の悩みだ。しかしその理由を考えるとやむを得ず、悶々としている。

（絵の交渉のため、由乃は荻原家の息子と連日会っている。彼女なりに一生懸命なんだろうし、おかしな気持ちはないと信じてるけど……）

問題は、荻原陸斗のほうだ。

彼は今週の火曜日に由乃に再会したのを皮切りに、その後二日続けて連絡を寄越し、「仕事が終わったあとに会おう」と誘いをかけてきたという。

そしてお茶や食事をするものの、いまだ絵の売却に関する具体的な話はないらしい。それはさながらデートで、久能はひどくモヤモヤしていた。由乃のほうにはまったくそんな気がないのが幸いだが、陸斗が一体どういう思惑でそうした行動を取っているのか、理由がわからない。

なぜなら二人は、かつて婚約していたのを破棄した間柄だからだ。鷺沢辰彦の逮捕後から距離を置かれ、破談に際しても当人同士が話し合いの機会を持たなかったのなら、陸斗はさほど由乃に執着していなかったに違いない。

なのに今になって連絡を頻繁にしてくるのは、一体どういう心境なのだろう。気にはなったものの、由乃は「久能の役に立ちたい」という一心で交渉役を買って出てくれていて、その努力を無下にするのは忍びなく何も言えずにいる。

そうして三日が経つ今、久能は手をこまねいていた。彼女の前では極力穏やかに振る舞い、労をねぎらうのを忘れない。しかし内心は陸斗の呼び出しにやきもきしており、そんな自分を持て余している。

(まさか由乃を、こんなに好きになるなんてな。仕事第一で恋愛は二の次だったし、何より彼女に対しては当初はマイナスの印象しかなかったのに)

由乃とつきあい始めてから、久能は自分が思いのほか溺愛体質であることに気づいた。

とにかく何でもしてあげたい気持ちがこみ上げ、彼女を飾り立てたい。世間一般よりはるかに恵まれている財力を使うのは今だとばかりに、由乃に似合う服や靴、ジュエリーなどをプレゼントし、自宅にも彼女のものを買い揃えていた。

自身の持つコネクションを駆使してフレンチやイタリアン、和食の人気店を予約し、「美味しいです」という笑顔を見るだけで努力が報われた気がしてうれしくなる。

一緒にいるときはふとした瞬間にハグやキスをし、突然のスキンシップに初心な反応をする由乃を見るのも楽しかった。廊下の窓から外を眺めた久能は、かすかに微笑んで考える。

(由乃が一生懸命頑張ってくれているんだから、俺はそれを信じよう。あと少し待ってみて、それでも絵に関する話が進展しないなら、俺が荻原家に直接連絡を取ればいい)

そう心に決め、腕時計で時刻を確認すると午後七時だった。

由乃は今日も陸斗と会っていて、自身の車に乗り込んだ久能はスマートフォンで彼女にメッセージを作成する。

そして「終わったら、何時でもいいから連絡をくれ」という文面を送信し、十五分ほどかけて六本木にある自宅マンションに帰った。

その後は家事代行サービスに作り置いてもらった料理で簡単な夕食を済ませたあと、明日の土曜に訪問する客先の情報を確認し、先日開催されたばかりのＮＹコレクションの春夏シーズンの内容をチェックする。

富裕層はファッションに興味のある人が多く、最新のトレンドを把握しておくことは客の購買意欲をそそる商品提案に繋がるため、シーズンごとのチェックが欠かせなかった。

各ブランドのモデルがランウェイを歩く様子を動画で眺めつつ、それぞれのコンセプトをメモするうちに時間が過ぎていた。スマートフォンが振動したことに気づいた久能は、手に取って確認する。

すると由乃からメッセージが届いており、「さっき陸斗さんと解散して、これから帰るところです」と書かれていて、彼女に電話をかけた。

「もしもし、由乃？」

『隼人さん、お疲れさまです』

今どこにいるのかと聞くと、赤坂だという。久能はノートパソコンを閉じながら由乃に告げた。

「これから迎えに行くよ。赤坂なら、十分もかからずに着くから」

『そんな。ご迷惑ですし、わたしのことは気にしないでください。自分で帰りますし』

彼女は辞退しようとしたものの、元々そのつもりで酒を飲まずにいた久能は、車のキーを持って自宅を出る。

時刻は午後九時半を回ったところだった。幹線道路は昼間と変わらず混んでおり、多少流れが悪いところはあったものの、七分ほどで赤坂に着く。

こちらの車を見つけて歩み寄ってきた由乃が、助手席に乗り込んで言った。

「隼人さん、わざわざ迎えに来ていただいてすみません。こんな時間に出てくるなんて、お疲れだったんじゃ」

「俺のことは気にするな。それより、君のほうが心配だ。連日呼び出されてるんだから」

平日は毎日仕事があるのはわかっているのに、陸斗のほうに配慮が足りないのではないか。そう考えつつ、久能は彼女に問いかける。

「赤坂ってことは、割烹(かっぽう)か料亭にでも行ったのか？」

「いえ。今日はクラブだったんです」

意外な行き先に驚き、久能は眉を上げる。

確かにこの辺りのエリアはかつて高級料理店が軒を連ねていたものの、今はだいぶ様変わりしている。由乃が陸斗と訪れたのは若者が数多く集まるクラブで、比較的落ち着いた雰囲気のラウンジスペースもあり、酒と音楽が楽しめる空間だったらしい。

「わたしはそういうお店に行ったのが初めてなので、戸惑ってしまって。陸斗さんは慣れている感じで、お店で会った数人の知り合いと一緒に飲むことになったので、ちょっと疲れてしまいました」

「それで、肝心の絵の話は……」

「まったくできませんでした。彼の知人という人たちがやたらとお酒を勧めてきて、それを断るのに精一杯だったんです。すみません」

それを聞いた久能は、複雑な気持ちになりながら口を開く。

「この三日間、毎日荻原さんと会って話しているが、あまり進展がないみたいだな。そもそも彼は、絵に関する話を自分の父親にしているのか？」

「それが、『父とはなかなか時間が合わず、まだ話せていない』って……。たとえ同じ銀行に勤めていても頭取と一社員では会話する機会はなくて、自宅でも在宅する時間帯が違って会えないそうです」

彼女は「でも」と意気込んで言った。

「今回は他の人がいたので話せませんでしたけど、これ以上引き延ばすつもりはありません。陸斗さん経由で話が進まないようであれば、お父さまのほうに直接交渉する方法に切り替えたいと思います」

「そうか」

行く手の信号が赤になり、久能は緩やかに車を減速させて一時停止する。

そのタイミングで由乃を見つめ、改めて告げた。

「それより俺は、由乃が無理をしていないかが心配だ。連日仕事のあとに呼び出されてこんな時間までつきあうのは、体力的に厳しいだろう。俺のためを思って交渉役に名乗り出てくれたのはうれしいけど、そろそろこっちにバトンタッチしてもいいんじゃないか」

やんわり交渉役を譲るよう促すと、由乃は「いいえ」と首を振った。

「一度関わった案件ですから、最後までお手伝いさせてください。体力的なことも、ご心配いただかなくて大丈夫です。わたしはまだ若いので」

「じゃあ、こういう言い方をしたほうがいいかな。君と二人で過ごす時間が減って、俺は寂しい。だからあまり頑張らないでほしいって」

するとそれを聞いた彼女がじわりと頬を染め、つぶやく。

「それは……わたしも同じです。陸斗さんと会っているとき、『これが隼人さんだったらな』って考えていますから」

「そんな可愛いことを言われたら、今すぐ触れたくてたまらなくなるよ」

久能の言葉に、由乃が動揺した様子で告げた。

「で、でも、今は運転中ですから……」

ちょうど目の前の信号が青に変わり、久能は噴き出して言う。

「確かにそうだ。運転に集中しないとな」

彼女が陸斗に心奪われている様子がなく、むしろこちらへの愛情を示してくれ、久能は深く安堵していた。

ここまで言ってくれているのだから、由乃を信じてもう少し任せてみてもいいのかもしれない。彼女の真っすぐな眼差しを見て、そう思った。

やがて車は由乃の自宅アパートの周辺までやって来て、路地に入る。辺りには歩く人影もなく、街灯の灯りが辺りを照らしていた。

緩やかに車を減速させて停車すると、彼女がこちらを見て言った。

「隼人さん、わざわざ送っていただいてありがとうございました。本当はうちでお茶を飲んでいっていただきたいところなんですけど、同居人がいるので」

「ああ、別に気にしてない」

久能は「でも」と言葉を続け、由乃に告げた。

「キスだけしたい。いいか？」

「……っ、はい」

彼女が頬を赤らめ、ぎこちなく頷くのを見た久能は、自身のシートベルトをカチンと外す。

そして助手席のヘッドレストに腕を掛け、由乃に覆い被さるように口づけた。

「ん……っ」

小さな口腔に押し入り、舌先を舐める。

柔らかな感触を堪能しながら緩やかに絡めると、彼女がくぐもった声を漏らした。一度触れるともっと欲しい気持ちがこみ上げ、久能は角度を変えて口づける。

由乃が漏らすあえかな吐息に煽られ、いつまでもキスが終わらない。ここは公道で、いつ人が通るかわからないと思いつつ、久能は唇を離すことができなかった。

ようやくわずかな距離を取ったとき、互いに息が乱れていた。彼女が目を潤ませ、久能を見つめる。

「隼人さん……」

「ごめん、こんなところで」

額同士を合わせて謝ると、由乃が首を横に振った。離れがたい気持ちが募ったものの、ここはもう彼女の自宅の目の前で、自分たちは明日も仕事がある。

そう思い、運転席に身体を戻そうとした瞬間、彼女が「あの」と言ってこちらの手に触れた。

「わたしが一番好きで大切なのは、隼人さんです。蔑ろにするつもりは一切ありませんし、そもそも陸斗さんに会っているのはひいお祖父さまの絵のためです。彼に対する未練は一切ありませんから、信じてください」

由乃の目には切実な色があり、彼女が嘘をついていないことが如実に伝わってくる。

久能は微笑んで答えた。

「信じるよ。君がそんな人間ではないのは、よくわかってる」

手を握り、指同士を絡ませる。

彼女を抱いて自分のものだと実感したい気持ちがふつふつとこみ上げたものの、久能はそれを理性で抑えた。

フロントガラスから差し込む街灯の灯りに照らされる由乃の小さな顔を見つめ、そっとささやいた。

「名残惜しいけど、そろそろ行くよ。おやすみ」

「……おやすみなさい」

車から出た彼女がアパートの外階段を上っていくのを、久能は運転席のパワーウィンドウを開けて見守った。

玄関ドアの前で由乃がこちらに視線を向け、軽く会釈をしてくる。それに手を振り、鍵を開けて中に入っていくのを見届けた久能は、小さく息をついた。

（やっぱりもう少しだけ、黙って彼女を見守るべきだな。どうにか絵を買い戻して、そうしたら――）

入院中の芙美子にそれを見せ、元気を出してもらう。

そして由乃と、恋人らしい時間を持ちたい。絵の件で頑張ってくれたのだから、お礼に一泊旅行をプレゼントするのも楽しそうだ。

頭の中で旅行先の候補を思案するうち、楽しくなってきた久能は微笑む。そしてハザードランプを切って車を走らせながら、彼女と過ごす時間にじっと思いを馳せた。

第六章

百貨店の外商部は富裕層相手の専門部署で、全体の売上の三割から五割ほどを叩き出すといわれている。

顧客は一般庶民の一万円の感覚で一〇〇万円を使い、あらゆるジャンルの商品を外商から購入するため、使う金額が桁外れだ。

久能百貨店の館内にはハイブランドファッションのフロアがあるが、平日の今日は至って閑散とした雰囲気だった。ウィンドウショッピングや冷やかしの客がいるくらいで、実際は一日に三点も売れればいいほうだという。

それで商売が続けられるのかどうか心配になってしまうが、定期的に開催されるコレクションの際に富裕層が購入するため、商売として成り立っているらしい。

NYコレクションが終わった直後である今は、外商が顧客に新作を売るチャンスだ。

先輩社員に頼まれた品物の手配をしに売場までやって来た由乃は、バックヤードからフロアに出て丁寧に一礼する。

歩き出して向かったのは、ハイブランドのアパレルショップだった。そこで先輩社員から預かったリストを基に発注業務をこなした由乃に、三十代の女性店員がニコニコしながら声をかけてくる。

「鷺沢さん、いつもダークスーツだけど、たまには違うのを着てみたら？」

「えっ」

「最初の見習いのうちはそういう恰好でもいいと思うけど、せっかく外商部は服装の規定がないんだから、おしゃれしなくちゃ。現に外商部の他の女性社員たちは、皆きれいめのスーツやセットアップを着てるでしょ？　鷺沢さんが今着ているのは仕立てはいいけどリクルートスーツと印象が変わらなくて、何ていうか〝こなれ感〟がないし、どこか不器用な感じに見えてしまってるのよね」

言われてみれば、確かにそうだ。

外商部の女性社員たちは華美ではないが美しく装っており、店頭で販売されているものを宣伝のためにあえて着用している者もいる。

そもそも外商部員は百貨店の〝顔〟のため、誰もがブランド物のスーツを身に纏い、身だしなみを完璧にしていた。由乃が着ているのもちゃんとしたブランドのスーツだが、色味のせいか如何せん地味だ。

腕時計で時刻を確認すると、今頼まれている仕事のリミットまで時間に余裕があった。顔を上げた由乃は、笑顔で言う。

「では、商品を少し見せていただいてもよろしいですか？」

「もちろん。鷺沢さんに似合うものがたくさんあるから、時間に余裕があるならどんどん試着して」

この店は肩にきっちりとパッドが入り、張りのあるラインや締まったウエストが特徴的なブリティッシュスタイルをベースに、フランスのエッセンスを散りばめたハイクラスブランドで、スーツはシンプルでありながらシルエットが洗練されているのが特徴だ。

スーツの他に単品のトップスやスカートも充実していて、しなやかで肌触りが抜群なカシミヤのニットやボウタイつきのブラウス、服装のアクセントになるビビッドカラーのカットソーもあり、つい目移りしてしまう。

女性店員のアドバイスであれこれ試着した由乃は、エレガントに見える上下の取り合わせとスーツなど、数点の購入を決めた。

「社割が適用できるから、伝票を切るわね。お会計は給与天引きでもいいし、あとで支払いに来るのでも大丈夫だけど、どうする？」

「ではカードで決済しますから、あとでまた来ます」

思いがけず買い物を楽しんだ由乃は、彼女に礼を言って店を出る。

売場と外商は持ちつ持たれつで、こうして館内で仕事着を購入する人は多い。店の売上に貢献すると店員との親密度が増し、いざというとき客の無理な要求にも対応してもらえるため、ウィンウィンの関係だ。

購入した品物をしまうべく一旦ロッカールームに向かいながら、由乃は小さく息をついた。入社して三ヵ月余りが経つ現在、仕事は順調で少しずつ任せられることが増えてきている。

これまで久能と回った顧客の中で、比較的穏やかなところを担当として任せるという話も出てきていて、由乃は気分が高揚していた。

その一方、このところプライベートで元婚約者の荻原陸斗に振り回される日々が続いている。彼の父親が安曇典靖の『芍薬と女』の絵を所有していることを特定し、その売買交渉のためだったが、連日呼び出されるといささか疲れをおぼえていた。

(昨夜は隼人さんに迎えに来てもらったりして、悪いことしちゃった。わたしよりはるかに多忙で疲れているはずなのに)

三日続けて陸斗に会っても一向に進まない絵の売却話に、久能はきっと焦れているに違いない。

しかも相手が由乃の元婚約者だと聞けば、心穏やかではないのは容易に想像ができる。それがわかっていても、一度乗りかかった船のため、由乃は交渉役を降りたくなかった。

（わたし、我儘なのかな。隼人さんをやきもきさせてまで陸斗さんと会い続けるの、傍から見たら褒められることではないのかもしれない）

由乃の中に、陸斗への未練は一切ない。

現在の恋人は久能で、彼以外の異性にまったく興味はないからだ。だが『芍薬と女』を所有する荻原家に対して低姿勢で接するのは当然で、呼び出されれば応じざるを得ない。

（でも、ズルズル引き延ばしていても仕方ない。今日陸斗さんに進捗を聞いて、その答え次第でお父さまと直接話をするかどうか決めよう）

その後オフィスに戻ると、久能は来館した顧客のアテンドに出ていて席にいなかった。

一時間ほど事務仕事に集中し、化粧室に行くべく席を立って廊下を歩いていた由乃は、ふと久能と梶本がロビーで立ち話をしているのに気づいた。

（隼人さんと梶本さんが、また一緒にいる。最近やけに二人が会っているように見え

るの、気のせいかな）

しかも心なしか彼女は浮かない顔をしていて、久能も真剣な表情で何か話している。気にはなったものの話に割り込むわけにはいかず、由乃は無言でその場をあとにした。彼は客から夜に食事に誘われたらしく、「今日は会えない」とメッセージを送ってきて、それに了承の返事をした由乃は午後六時に退勤する。

今日は自分から陸斗を呼び出そうと考えていたため、久能に会わないのはむしろ都合がよかった。決して疚しい気持ちはないものの、やはり他の男性と二人きりで連日会う報告をしなくてはならないのは、ひどく気が引ける。

ロッカールームで陸斗に電話をかけると、「もう少しで仕事が終わるから、丸ノ内まで来てほしい」と言われ、タクシーで十分ほどかけて待ち合わせ場所のカフェに移動した。

やがて約束の五分遅れで現れた彼は、思いがけないことを告げてきた。

「昨日、うちの父に安曇典靖の絵の話をしたんだけど、駄目だったよ」

「えっ？」

「あれを他に売る気はないと言ってる」

あまりのことに驚いた由乃は、しばし絶句する。

しかしすぐにテーブルに身を乗り出し、陸斗に問いかけた。

「その理由を、お伺いしてもよろしいですか？　久能さんは、相場以上の対価は払うと言っています。決して損はないお話なのですが」

「父さんがあの絵を、えらく気に入っててね。せっかく手に入れたものだし、何より有名画家の未発表の作品だから、今後価格が吊り上がるかもしれないだろう？　投資の意味でも、手放す気はないみたいだ」

由乃は目まぐるしく考える。

荻原充明が絵の売却を拒む可能性については想定していたものの、面と向かってそう言われるとショックだった。だが元々久能家の屋敷から盗み出されたものだとはいえ、現在の所有者は正当な手続きを経て絵を入手している。

その荻原が「絵を売りたくない」と言っている以上、売却を強要はできない。膝の上でぐっと拳を握りしめた由乃は、陸斗に向かって告げた。

「では、久能芙美子さんに一目だけでも絵を見せていただくことはできないでしょうか。ご高齢の彼女は現在入院中で、ご主人が描いてくださった若かりし頃のご自分の絵を見たいと熱望されているそうです。どうかお願いいたします」

頭を下げる由乃を、彼がじっと見つめている。

コーヒーのカップを持ち上げて中身を一口飲んだ陸斗は、薄く笑って言った。

「このあいだ由乃さんにした質問を、もう一度するけど。君と上司の久能さんって一体どういう関係？」

「えっ」

「ただの後輩にしては、絵に関して必死すぎるだろ。もしかしてつきあってるの？」

確かに安曇典靖の絵については業務外であり、上司のプライベートに関わりすぎだと思われても仕方ないのかもしれない。

しかし元婚約者である陸斗には正直に言いづらく、気まずく目を泳がせると、事情を察したらしい彼が「ふうん」とつぶやいた。

「君と僕が破談になったの、四ヵ月くらい前だっけ。それでもう新しい男を作るなんて、見た目に反してなかなかやるね」

「…………」

「それともあれかな。久能家といえば明治から百貨店を営む名家で、荻原家よりはるかに家格が上だ。将来会社を継ぐことが確定している御曹司を、入社早々まんまと引っかけたってことか」

陸斗が口元を歪めながらそう言ってきて、由乃は驚きながら首を横に振った。

「違います。わたしはそんな気持ちであの人とつきあってるわけじゃ――」

「でも事実だろう？　そもそも君の父親は、贈収賄で逮捕されたばかりか金に目がない俗物で、会社の多額の金を私的流用して自宅を差し押さえられた。そんな男の娘なんだから、計算高いのも頷ける」

「……っ」

いつもニコニコとして如才なく、穏やかな印象だった彼の悪意を目の当たりにして、由乃はひどく混乱していた。そんな様子を見つめ、陸斗が言葉を続ける。

「由乃さんがそこまで肉食系だったなんて、正直ショックだなあ。もしかしたら僕と婚約中も、そうやって男を引っかけてたんじゃない？」

「そんなこと……していません。わたしは陸斗さんとおつきあいしていたとき、他の人によそ見をしたことはありませんでした。それに今だって、そうやって責められるような行動は――」

「してるだろう？　この数日、君は僕が呼びつけると断りもせずのこのことやって来た。それは久能さんからすると、浮気だと思われても仕方ないと思うけどね」

彼の言葉は正鵠を射ていて、由乃は咄嗟に返す言葉に詰まる。

昨夜わざわざ迎えに来てくれた久能は、由乃と陸斗が連日のように会っていることに懸念を抱いているようだった。「自分が好きなのは久能で、元婚約者にまったく未練はない」と告げて納得してもらったが、もしかして彼はこちらに浮ついた印象を抱いていたのだろうか。

（わたし、無神経な行動をしてた？　隼人さんの役に立ちたい一心で仲介役を買って出たけど、よく考えたら自分から元婚約者に会いに行くのをあの人は快く思っていなかったかもしれない）

それなのにそんな気持ちは表に出さず、久能は「役に立ちたい」という由乃の気持ちを汲んで黙っていてくれた。

忸怩たる思いを押し殺す由乃に対し、陸斗が微笑んで「なあ」と呼びかけてくる。

「残念ながら『芍薬と女』を売ることはできないが、さっき君が言っていたように安曇典靖の夫人に見せることは可能かもしれない。そうしてあげてほしいと僕から父にとりなしてあげることは可能だけど、どうする？」

「ほ、本当ですか？」

悪意ある発言から一転、そんな申し出をしてきた彼に、由乃は勢い込んで問いかける。

久能の曾祖母に絵を見せてあげることができるなら、自分が多少嫌みを言われるくらい何でもなかった。すると陸斗がニッコリ笑い、言葉を続ける。

「ただし、条件がある。ひとつ目は君が久能百貨店の仕事を辞めること」

「えっ……」

「そして二つ目は、僕の愛人になること。この条件をクリアできるなら、老い先短い夫人に絵を見せると約束しよう。どうかな」

あまりの発言に呆然とし、由乃は言葉を失う。

陸斗の提案は冗談の域を超えており、到底承服できることではない。何も言い返せずに目の前の彼を見つめると、陸斗が整った顔ににんまりと笑みを浮かべて話を続けた。

「由乃さんは僕がどうしていきなりこんなことを言うのか、意味がわからないんだろうな。――理由は単純、気に食わないからだよ」

「………」

「君との婚約が決まったとき、大手ゼネコンの鷺沢建設の社長令嬢だし、見た目も好みで、婚約者としては悪くないと思ってた。ところが鷺沢社長は贈収賄で逮捕されるわ、社長を解任された挙げ句に突然死するわで、僕の中の由乃さんの価値は一気に下がった。だってそうだろう？　落ちぶれて屋敷すら追い出された君に、利用価値なんてない。僕の妻としてふさわしい令嬢は他にもいるんだから、婚約破棄するのは当然だ」

それに関しては、由乃にも異論はない。

親同士の話し合いで決まった縁談で、家格が釣り合っているという前提条件が崩れた以上、破談になるのは仕方のないことだからだ。

そもそも婚約者だった陸斗に対しては愛情を抱くまで至っておらず、婚約破棄されても心情的にはダメージが少なかった。そんなふうに考える由乃を見つめ、彼が言葉を続けた。

「元婚約者である由乃さんから突然電話が来たとき、てっきり金でもせびられるのかと思って警戒したんだ。ところが実際の用件はうちが所有する絵の売却話で、君は久能百貨店で働き始め、しかも御曹司とつきあっているという。はっきり言うけどさ、そんなの生意気なんだよ」

「…………」

「僕との婚約を解消して日が浅いのに、もう他の男を好きになっているなんて、尻軽にも程がある。それに荻原家より格上の家の息子と交際していることが他の人間に知られてみろ、まるで僕が捨てられたみたいじゃないか」

陸斗の発言はほとんど言いがかりのようなもので、由乃はかすかに顔を歪める。

彼とは明確に婚約を解消したのだから、その後の行動をとやかく言われる筋合いはない。まさか陸斗は、別れたあともこちらが一途に想い続けるのが当然だと考えているのだろうか。

(そんなの、あまりにも理不尽すぎる。しかも愛人になれだなんて)

屈辱に唇を引き結ぶと、彼が微笑んで言う。

「久能百貨店を辞めるに当たっては、御曹司と別れるのも必須だ。それから君を愛人にする話だけど、結婚する気はないから誤解しないでくれ。荻原家の長男である僕は、それなりの家の令嬢を妻にしなければならないからね。要は都合のいい玩具になってくれってことだよ」

彼は椅子に背を預け、尊大な態度で微笑む。

そして由乃の顔を嬲るような目つきで眺め、楽しそうに告げた。

「好きな男の曾祖母に、絵を見せてあげたいんだろう? だったら僕の提案を聞くべきじゃないかな」

「…………」

「すぐには決められないだろうから、一週間時間をあげるよ。――そのあいだ、自分がどうするべきかよく考えるといい」

陸斗が去っていったあと、目の前の空いた席には飲みかけのコーヒーのカップが残されている。

律義に伝票を持ち去っていく辺り、彼は変なところにプライドがあるようだ。一人席に残された由乃は、じっと考えた。

（陸斗さんの要求は、あまりに理不尽すぎる。あの人はわたしのことを好きでも何でもなくて、ただ隼人さんとつきあっているのが気に食わないから嫌がらせをしてるだけなんだもの）

もう婚約者でも何でもない以上、陸斗にこちらの行動を縛る権利はない。

彼の要求をきっぱりはねつけるべきだと思うが、そうすれば久能の曾祖母は『芍薬と女』の絵を見る機会を失ってしまう。

（そんなのは駄目。……ようやく所有者を突き止めることができたのに）

ならばどうするか。

重苦しい気持ちを抱えたまま立ち上がった由乃は、カフェを出る。そして東京駅まで歩き、そこから電車に乗って帰路についた。

一時間ほどかけて午後八時に帰宅すると、同居人の埜口が眉を上げて言う。

「おかえりなさい。今日は早いんですね」

「ただいま」

彼女の言うとおり最近は帰りが遅く、この時間帯に自宅にいるのは久しぶりだった。

埜口はちょうど夕食を食べようとしていたところらしく、由乃に問いかけてくる。

「よかったら食べますか？　今日は簡単にタコライスとポトフですけど」

「いいの？」

何時に帰れるかわからなかったため、彼女に「夕食はいらない」と連絡していただけに申し訳なさが募る。するとと埜口が、事も無げに言った。

「残った分は冷凍しておこうと思ってたので、気にしなくていいですよ。すぐ用意しますね」

「あ、わたしがやるから」

二人で夕食を囲み、彼女はビール、由乃はペリエで乾杯する。タコライスをスプーンで口に運びながら、埜口が問いかけてきた。

「例の絵の件について、何か進展はあったんですか？　ここ数日、荻原さんに会って交渉してたんですよね？」

「……それは」

由乃は言いよどみ、先ほどの陸斗とのやり取りを脳裏に思い浮かべつつ、自嘲してつぶやく。

「わたし……すごく世間知らずだった。物事の表面上だけ見てわかった気になって、その裏がどうなってるかなんて想像もしなかった」

「えっ、どうしたんですか、いきなり」

驚きの表情を浮かべる彼女に、由乃は説明する。

「絵の売却交渉を持ちかけてから、連日陸斗さんに呼び出されてたの。わたしはお父さまに話をしてくれたんだって思っていたんだけど、実際はそんなことはなくて、ただ彼と食事をしたり飲むだけで終わってた」

だが連日のように夜の十時過ぎまでつきあわされるのは、負担が大きい。

今日こそは具体的な話をしよう——そう考えて彼と会ったところ、「絵を売ることはできない」という返答がきてしまった。

「お父さまがあの絵を気に入っているし、安曇典靖の未公開の作品という理由で、今後値が吊り上がるかもしれないからって。それでわたし、久能さんのひいお祖母さまに一目だけでも見せてあげてほしいってお願いしたの。そうしたら……条件を出されて」

陸斗から久能と交際している事実を責められて別れるように言われたこと、そして芙美子に絵を見せたいなら久能百貨店を辞めることを条件に出されたと話すと、埜口が「はあ？」と言って眉をひそめた。

「何なんですか、それ。荻原さんとはとっくに婚約を解消してるんですから、由乃さんが誰とつきあおうと自由じゃないですか。それを別れろだの、仕事を辞めろだの、理不尽もいいところですよ」

実はそれには続きがあり、「自分に都合のいい愛人になれ」とも言われたが、それは口にできずに由乃は言葉をのみ込む。彼女が何ともいえない表情で言った。

「私から見た荻原さんは、いかにも良家の子息って感じで爽やかなイケメンでしたけど、実際はそんな人だったんですねー。何だかお金持ちの闇を見た感じです」

「わたしと婚約していたときにそんな言動は一度もなかったから、驚いてしまって。でも陸斗さんにとりなしてもらわないと、隼人さんのひいお祖母さまは絵を見られないわけだし、どうしたらいいか」

すると埜口がスプーンを皿に置き、こちらに身を乗り出して告げた。

「駄目ですよ、彼の要求に従うの。由乃さん、今の職場ですごく頑張ってるじゃないですか。せっかく入った会社を辞めるなんて、絶対に駄目です」

「……でも」

「それに久能さんのこと、好きなんですよね？　最初こそ〝恋愛の練習〟とか意味わかんないこと言ってましたけど、気持ちを通い合わせてちゃんと彼氏彼女になれたわけじゃないですか。由乃さんが自分の力で手に入れたものを、元婚約者ごときの我儘で手放しちゃ駄目です」

熱弁を振るう彼女を前に、由乃の心が揺れる。

本音を言えば、どちらも手放したくない。仕事はやりがいがあり、顧客に接するのも百貨店のスタッフと接するのも、どちらも楽しくなっていた。

久能とは正式な恋人同士になることができ、実は溺愛体質な彼に甘やかされる日々はとても心地よかった。

だが絵の持ち主である荻原充明は売却を拒んでおり、陸斗のとりなしがなければ芙美子に見せることは叶わないかもしれない。そう思うと躊躇いがこみ上げ、由乃は重苦しい気持ちを押し殺す。

（わたしが陸斗さんの要求に従えば、隼人さんのひいお祖母さまは絵を見ることがで

きる。高齢で余命宣告もされているんだから、やっぱり一目だけでも見たいよね）

だがそのためには仕事を辞め、久能とも別れて、陸斗の愛人にならなければならない。そんなことは耐えがたく、由乃はぐっと唇を引き結んだ。それを見た埜口が、気遣わしげな口調で言う。

「由乃さん、もう絵に関する交渉は久能さんに任せるべきですよ。そして荻原さんには会わないほうがいいです」

「…………」

「久能さんだって、自分の曾祖母のためにそこまでしてほしいとは思ってないはずですし。荻原さんに言われた内容について全部説明すれば、由乃さんに感謝こそすれ、役立たずなんて考えないはずですから」

埜口の言うことは、正論だ。だが久能にバトンタッチすれば、陸斗は確実に気分を害する。おそらく態度を硬化させ、絵を芙美子に見せるのを拒否するだろう。

由乃は抑えた声音で口を開いた。

「埜口さんの言うとおりだし、そうするべきなんだと思う。……もう陸斗さんに会わないほうがいいって」

「じゃあ……」

「でも彼は、一週間時間をくれるって言ったの。だからわたし、期限内はどうにか頑張るつもり」

するとそれを聞いた彼女が、「頑張るって、一体何をですか」と問いかけてくる。

由乃は顔を上げて答えた。

「陸斗さんを説得するのを、諦めたくない。直接は会わず、メッセージや電話で絵を見せてくれるように話してみようと思ってる」

埜口がじっとこちらを見つめ、小さく息をついて言った。

「まあ、久能さんに交渉を任せたところで、彼に対抗意識を抱いている荻原さんがここぞとばかりに拒否するのは目に見えてますもんね。くれぐれも荻原さんには会わず、メッセージか電話だけにしてくださいよ」

まるで心配性な姉のような埜口に、由乃は微笑んで告げる。

「こうして相談に乗ってくれて、すごく感謝してる。――ありがとう、埜口さん」


翌週の月曜日は接客スキルに関する社内研修会が催され、部長の友重に勧められた由乃はそれに参加した。

外商部の人間は百貨店の売場には立たないが、来館した際に客のアテンドをするため、高度な接客スキルが求められる。研修会には各売場の新人などが集まっていて、接客するときの意識の持ち方や身だしなみの大切さ、トークの引き出しを増やすこと、アドリブの成功事例、クレーム対応などについて学んだ。

研修会は他にも宝飾品やハイブランド、社員としてふさわしいメイクやマナーについて勉強するものもあるといい、百貨店のスタッフの質を上げるために定期的に開催されているらしい。

（隼人さんや他の先輩社員の接客を見ても充分勉強になるけど、基本をみっちり学ぶのもすごく為になるな。機会があったら、他の研修会も申し込んでみよう）

研修会が終わったのは、午前十一時半だった。

廊下を歩きながら、由乃は「今日のお昼は何にしよう」と考える。二人で外回りをしているときは久能と一緒にランチができるが、会社にいるとそうはいかない。最初こそ埜口がお弁当を作ってくれていたが、外回りに同行するようになってからは断っており、社員食堂やコンビニで済ませるのが常だった。

久能の顔を思い浮かべると、胸の奥がきゅうっとする。金曜日は彼が客と会食、そして週末の二日間は札幌出張があったため、会えなかった。

本当は昨日、札幌から戻り次第会えるかもと期待していたものの、久能からの連絡はなかった。だが彼は実質休みがないまま月曜の今日も出勤しており、由乃は久能の体調が心配になる。

（外商は土日もお客さまに呼び出されることが多いから、平日に代休を取れるって言ってた。でも隼人さんは全然休もうとしないし、身体が心配になっちゃう）

金曜日の陸斗とのやり取りは、まだ久能に話せていない。

言えば由乃を彼から遠ざけようとするのは目に見えているものの、そうなれば『芍薬と女』を芙美子に見せることは叶わなくなるため、何とか一週間の猶予のうちに陸斗を説得しようと考えていた。

（本当は、隼人さんに隠し事はしたくない。……でも）

「久能百貨店の仕事を辞め、隼人と別れろ」「自分の愛人にならなければ、絵を芙美子に見せない」――そんな理不尽な要求をされたと聞けば、久能は絶対に黙っていない。

もしかすると陸斗に直接抗議する恐れもあり、事態が拗れるのを望まない由乃は何も伝えないでおこうと決めた。だが彼への恋心は変わらず、こうして数日間が空くと会いたい気持ちが募る。

（でも隼人さんも疲れてるだろうし、夜はわたしから「会いたい」って言わないほうがいいよね。あとで栄養ドリンクでも買って、差し入れよう）

その程度の気遣いなら、きっと上司と部下として不自然ではないに違いない。

バックヤードは商品の段ボール箱が積まれた荷台を押す人や売場店員、スーツ姿の社員たちが多く行き交っていて、活気があった。

エレベーターに乗って上階のオフィスフロアに戻ろうとした由乃だったが、運悪くメンテナンス中の札が掛かっている。作業中のビル管理会社の社員に「申し訳ありません」と謝られ、仕方なく階段を使ったものの、二階分上がった途中で何やら話し声が聞こえた。

（誰かが、階段ホールで話してる……上の階？）

歩きながら上階を見上げたところ、一階上の踊り場に久能の姿がチラリと見え、由乃は驚く。

しかも彼は一人ではなく、髪が長い女性と一緒だ。二人は何やら深刻な様子で話し込んでいて、久能が「顔色がよくないけど、大丈夫か」と声をかけている。女性がうつむきながら答えた。

「全然大丈夫じゃないわ。ここ数日はあまり眠れていないし、仕事でミスをしないので精一杯。職場ではなるべく顔に出さないようにしているけど、それもだんだんしんどくなってきちゃって」

「…………」

「今思えば、あなたとつきあってるときが一番幸せだったな。仕事に打ち込んでいる私を理解してくれて、ちょうどいい距離感でいられたんだもの。どうしてあのとき、別れを選択したのかしらね」

自嘲的な彼女の言葉を聞いた由乃の心臓が、ドクリと跳ねる。

彼女は今、はっきりと「あなたとつきあってるとき」と発言した。つまり二人は、かつて恋人同士だったということだ。

（隼人さんが、元彼女と話をしてる？　一体何のために……？）

こんな人気（ひとけ）のない場所で話すなど、まるで他人の目を避けているようだ。

階段の途中で足を止めた由乃は、チラリと見えた女性の艶やかな黒髪に見覚えがあるのに気づく。記憶を探るうち、ふいにそれが誰かわかって、息をのんだ。

（あの人……梶本さんだ。インテリア部門のバイヤーの）

思い起こせば、先日久能のマンションに行ったときにスマートフォンが鳴り、電話に出た彼は「梶本？」とつぶやいていた。

仕事の電話をするには遅い時間帯で、一体どんな用件なのか気になったものの、根掘り葉掘りは聞けなかった。そのあとも社内で二人が一緒にいるのを見た記憶があり、由乃の心臓がドクドクと速い鼓動を刻む。

（二人は元交際相手で、最近よく連絡を取り合っていた。それって――）

目まぐるしく考えていると、梶本が久能に向かって言う。

「私が今頼れるのは、久能くんしかいないの。ね、今日も昨日みたいに、私の家まで来てくれる？」

「ああ。仕事の都合で何時になるかはわからないが、俺が終わるまで待ってるなら一緒に帰ろう」

その言葉を聞いた由乃は、信じられない気持ちでいっぱいになる。

昨日、久能は札幌出張から戻ってきていたはずだが、こちらに連絡を寄越さなかった。だが梶本の口ぶりでは二人は昨日彼女の自宅に行っていて、今日も会う約束をしている。

由乃は無言で踵（きびす）を返し、足音を立てないように階段を下り始めた。彼らの話を総合すると、二人はかつてつきあっており、今現在も特別な関係なのが濃厚だ。

（だったら、わたしは何？　隼人さんにとっては梶本さんが本命で、わたしは浮気相手ってこと……？）

由乃から見た久能は、真面目で実直に見えた。

久能百貨店の社長令息という立場を鼻に掛けず、外商の仕事に真剣に打ち込んでいて、浮ついたところがない。

最初に由乃が「恋愛の練習相手になってください」と荒唐無稽なお願いをしたとき、こちらを諫めてもくれた。何度もプライベートで会ううちに気持ちが通じ合い、恋人同士になれたのだと思っていたが、それは勘違いだったのだろうか。

（隼人さんは、わたしがひいお祖父さまの絵を見たことがあると言ったから、それを利用するために〝恋愛の練習〟に応じただけなのかな。そうするうちにわたしが自分のことを好きなのに気づいて、身体の関係を持った……）

考えれば考えるほどそんな気がしてきて、由乃は惨めさを押し殺す。

恋愛経験がない自分を手玉に取るのは、こちらより人生経験がある久能にはたやすいことだったに違いない。気まぐれに優しくして甘やかす一方で、彼はかつて交際していた梶本とよりを戻していた。

容姿端麗で仕事をバリバリこなす彼女は、世間知らずで社会人になりたての由乃とは雲泥の差で、久能がどちらを選ぶかは考えるまでもない。

これまで彼を信じきっていただけに、由乃は頭から冷や水を浴びせかけられた気がした。久能と梶本がただの同僚ではないのは先ほどの会話で明らかで、ならば自分は二人にとって邪魔な存在ということになる。

（わたしはどうするべき？　隼人さんを諦めて、黙って身を引く……？）

心が千々に乱れて、仕方がなかった。

足早に階段を二階分下りた由乃は、途中で足を止める。上を振り仰いでみたものの、彼らの会話はもう聞こえなかった。

人気のない階段でかすかに顔を歪めながら、由乃はやるせない思いを押し殺し、しばらくその場に立ち尽くした。

＊＊＊

外商顧客になるために重要なのは、〝信頼に値するだけの収入がある人〟ということだ。新規顧客の審査の過程としては外商部のマネージャー判断から部長に稟議書が上げられ、それでＯＫならばカード会社の審査を経て可否が決定される。

自分のデスクで書類の決裁を行っていた久能は、小さく息をついた。世間は景気低迷が続き、所得が上がらない中での増税や物価高で財布の紐がきつくなりがちだが、富裕層である外商顧客はどこ吹く風だ。

彼らは相変わらず一〇〇万単位の買い物をし、桁外れの売上をもたらしてくれている。しかし昔と比べると少しずつその数が減ってきており、いかに優良な顧客を増やすかが外商部の課題となっていた。

（この三件は通りそうだけど、こっちは少し微妙かな。残念な結果になってしまったとき、揉めなければいいが）

新規顧客審査のための稟議書のフォーマットを呼び出し、その内容を検討しながら、久能は何気なく視線を巡らせる。

その先には由乃がいて、パソコンに向かって何かを入力していた。背すじの伸びた姿は品がよく、エレガントな雰囲気のスーツがよく似合っている。

入社して三ヵ月が経つ現在、試用期間を終えた彼女は無事正社員となっていた。最近は久能以外の外商との外回りに同行したり、客に提案する商品選びに参加していて、久能は友重と話し合い、「そろそろ顧客を持たせるのを具体的に検討しよう」という結論を出したのは、今日の朝の話だ。

（性格のきつくない、穏やかなお客さまをピックアップして、一人で商談させてみよ

うかな。相性がいいならそのまま担当を任せ、少しずつ数を増やしていけばいい)

今日の由乃は朝から接客スキルに関する社内研修会に参加していたはずで、別件で動いていた久能とは会話ができていない。

時刻は午後四時を示しており、ふと「そうだ、メッセージを送っておかなくては」と考えた久能は、スマートフォンを取り出した。

そして「今日は夜に予定が入ったため、会えない」という文面を作成して送信すると、デスクの上に置かれたスマートフォンを確認した彼女がふと表情を硬くした。

(……何だ?)

スマートフォンを手に取った由乃が席を立ち、オフィスを出ていく。

間もなく返信がきたため、おそらく人目につかないように給湯室かトイレから返事を送ったのだろう。内容は「わかりました」という簡潔なもので、それを見た久能は違和感をおぼえた。

(何だろう。由乃の返事が、心なしか素っ気ない気がする。さっきメッセージを送ったときも、顔をこわばらせていたし)

もしかして、週末に会えなかったのを怒っているのだろうか。

先週の金曜日は顧客との会食、週末は札幌出張で、戻ってきた昨日は由乃に連絡ができなかった。かといって彼女を蔑ろにしているわけではなく、久能は「フォローが足りなかったかな」と考える。

（そんなつもりは毛頭ないし、むしろ一緒にいたい気持ちでいっぱいだが。時間を気にしなくていいなら、今夜用事が済んだあとに会いたいけど、誘ってみようか）

幸い自宅マンションは、いつ由乃が泊まっても大丈夫なようになっている。

そう考えた久能は、その旨を書いて由乃に送った。しかしメッセージは既読になったものの、返信がない。

そればかりかオフィスに戻ってきた由乃は黙々と仕事をこなすだけでこちらを見ようとせず、釈然としない気持ちを押し殺す。

（やっぱり彼女の様子は、おかしい。何とかして二人で話す時間を作らないと）

そう考え、様子を窺う久能だったが、なかなかそういう機会がなかった。

午後六時を過ぎると、こちらが他部署に行っているあいだに由乃は退勤してしまい、思わずため息が漏れる。

午後七時に仕事を終えた久能は、用事を一件済ませた。そして午後九時に彼女に電話をかけたが、由乃は出ない。メッセージは既読無視が続き、事態の深刻さがじわじわとのみ込めてきた。

彼女が突然態度を硬化させた理由は、一体何だろう。思い当たる節といえば、荻原陸斗の存在だ。

荻原家の一人息子である陸斗は由乃のかつての婚約者であり、現在は飛鳥井銀行の本店で法人営業部に在籍するエリートだという。

彼女は絵を売却してもらえるよう交渉するため、陸斗と連日顔を合わせていた。由乃としては彼に対する未練は一切ないといい、陸斗と会う際はその旨をきちんと報告してくれているが、にわかに不安がこみ上げてくる。

(もしかすると由乃は、元婚約者に心惹かれているのかな。連日顔を合わせるうちに、思いのほか打ち解けるようになって——それで)

そう考えた瞬間、久能の中にこみ上げたのは強い嫉妬の感情だった。

彼女が自分以外の男に心奪われるなど、断じて許せない。本当は二人で会うのにもモヤモヤした気持ちを抱いていたが、絵の売却交渉という大義名分があったために反対することができなかった。

だがその結果、かつて婚約者同士だった彼らに恋愛感情が芽生えてしまったのなら、こんなに皮肉な話はない。

(やっぱり由乃に交渉を任せたのは、間違っていた。こんなことになるなら、最初か

ら俺が自分で動けばよかったのに）

そう考える一方、久能の理性が「いや、待て」とストップをかける。

由乃の話を聞かないまま、一方的に決めつけるのは時期尚早だ。まずは彼女と話す機会を持ち、態度が変わった理由を確認する。それが第一だと久能は考えた。

（自分が恋愛に右往左往するなんて、少し前までは考えられなかった。……仕事のことしか頭になかったはずなのに）

長い歴史を持つ久能百貨店の社長の息子として生まれた久能は、幼い頃から「いつか自分が家業を継ぐのだ」という意識を当たり前に持っていた。

現場を知らなければ適切な営業指針を立てるのは無理だと思い、入社後に複数の売場を経験したあとに外商部に来たが、とにかく覚えることが多く恋愛は二の次だった。

そんな中、中途採用で入社してきた由乃は、「恋愛の練習相手になってほしい」という奇想天外なお願いで久能の心に切り込み、いつしか大きなウエイトを占めるようになっていた。

お嬢さま育ちならではの素直な性格、懸命に仕事に打ち込む真面目さ、可憐な容姿など、気がつけばすべてを可愛いと思っていて、そんな自分に苦笑いが漏れる。

（由乃が大切で、この先も真剣につきあっていきたいと思ってるんだから、短絡的な

判断をしては駄目だ。明日、タイミングを見て彼女と話す時間を作ろう）

そう考えて迎えた翌日は、朝からあいにくの雨だった。久能は午後四時に由乃を伴い、電機メーカーの会長である本宮家の屋敷がある田園調布に向かう。

車の中では二人きりになったが、勤務時間内はプライベートな話をしないことが暗黙の了解となっていて、無言の車内は重苦しい雰囲気に満ちていた。

前を向いて座る彼女はどこか頑なな表情で唇を引き結び、こちらをまったく見ようとしない。そんな態度を目の当たりにした久能は、ハンドルを握りながら由乃に問いかけた。

「昨日から極端に口数が少ないようだが、もしかして具合が悪いか？」

「……いいえ」

「だったらいいが、客先でそんな顔をされては困る。体調不良ならともかく、そうでないならオンオフをきちんと切り替えてくれ」

「わかっています」

その言葉どおり、本宮邸を訪れた彼女は老夫婦に笑顔で接していた。「感じのいい方ね」と微笑む夫人を見た久能は、心の中でこの家を由乃に任せる候補のひとつに加える。

今日は前回の訪問時に頼まれていた紅茶の茶葉とワイン、そして仕立て上がった着物と帯を届け、さらに年末の集まりのケータリングと高級料亭のおせち五十人前を受注して、占めて三七〇万円の売上になった。

伝票を切り、しばし和やかに歓談したあと、本宮邸を辞する。車に乗り込んでエンジンをかけた久能は、緩やかに公道に出ながら言った。

「さっきの本宮さまだけど、今後君が担当するのはどうかと考えているんだ。ご主人は寡黙な性質だが気難しくはなく、夫人は朗らかで穏やかな方だ。俺の顧客の中ではトップクラスに品のいい方たちだから、いい関係を築けると思うが」

するとと由乃はそれには答えず、しばし押し黙ったあとに口を開く。

「久能さんに……お話があります。今、この場でも構いませんか？」

「ああ」

まさかこのタイミングで彼女がプライベートな話の口火を切るとは思わず、久能は意外に思いながらとりあえず頷く。彼女が一呼吸置き、再び口を開いた。

「実は久能百貨店の仕事を、辞めようと思っています。ですから本宮さまの担当はできません。――申し訳ありません」

　あまりに予想外のことを言われた久能は、驚きに目を見開く。

　すぐにサイドミラーを確認して後続車がいないのを確かめ、車を減速させて路肩に停車させた。そしてハザードランプを点滅させ、助手席の由乃に向き直って問い質す。

「一体どういうことだ。仕事を辞めるなんて」

「言葉どおりの意味です。この三ヵ月余り頑張ってきましたけど、わたしには向いていない気がして。ですからもっと自分に合った仕事を探そうと思っています」

　久能は目まぐるしく考える。

　彼女が突然こんなことを言い出した理由は、一体何だろう。そんな疑問がこみ上げ、抑えた口調で問いかけた。

「俺の目から見た君はマナーや言葉遣いがしっかりしていて、顧客に不快感を抱かせない人柄だと感じた。友重部長が言っていたとおり、生まれ育った環境で培われてきた確かな審美眼があり、商品の提案力も優れている。真面目で勤勉な性格といい、外商の適性は充分にあると思うが、何か辞めたいと思うようなトラブルでもあったのか」

「トラブルは……ありません。外商部や売場の皆さんはとてもよくしてくださっていますし、お客さまにも嫌な態度を取られたことはありません」

「だったら――」

食い下がろうとする久能だったが、由乃はそれを遮って「でも」と語気を強めた。

「辞めたい理由は、わたし自身の問題なんです。やっぱり世間知らずというか、今まで苦労知らずで生きてきた分、頑張りすぎて息切れしてしまって。わたし程度の働きで『頑張ってる』なんて言うのはおこがましいですけど、どうしようもないんです。会社に来るのがつらいので」

「………」

唐突すぎる退職の申し出に、久能は眉をひそめて沈黙する。

彼女はいくつか理由を羅列したものの、到底納得できない。確かにお嬢さま育ちから一転し、会社員として働き始めたのだから、決して楽ではなかっただろう。

しかしこれまでの由乃は、決してネガティブにならずに頑張っていた。顧客の受けもよく、勧誘した友重も「やはり適性があると思ったのは、間違いではなかったようだね」と言っていて、外商部の他のメンバーからもその真面目さで少しずつ信頼を勝ち得ている。

久能は彼女の横顔を見つめ、口を開いた。

「今まで働いた経験がなかった君が、入社してとても苦労したであろうことは想像にかたくない。本当に大変だっただろうし、つらいと思うこともあっただろう」

「……………」

「だが君はいつも前向きで、仕事を覚えようとする態度は真剣そのものだった。それをいきなり投げ出すというのは、俺は納得できない。何か他に理由があるんじゃないか」

するとと由乃がかすかに顔を歪め、黙り込む。

それを見た久能は、「昨日から様子がおかしかったことと、何か関係があるに違いない」と確信を深めた。車内にはハザードランプのカチカチという音が響き、息詰まるような沈黙が満ちる。

向かいから来た車が真横を通り過ぎていったタイミングで、彼女が押し殺した声でつぶやいた。

「理由は……あります。久能さんとの関係を、終わりにしたいからです」

「――……」

「最初に〝恋愛の練習相手〟になってくれるようにお願いして、その後つきあい始めましたけど……思っていたのと違ったんです。やっぱり職場が一緒で、上司と部下という関係が前提としてあるせいか、仕事もプライベートも何もかも管理されているような気がして。初めは楽しかったのに、だんだんつらくなってきてしまったんです」

由乃の発言が胸に突き刺さり、久能は言葉を失くす。

彼女が自分との関係を負担に感じていたというのは、寝耳に水だった。由乃を大切にしたいと思い、自分なりに誠意を尽くしていたつもりだっただけに、告げられた内容はダメージが大きい。

（由乃がそんなふうに考えているなんて、夢にも思わなかった。てっきり同じ気持ちでいてくれていると思っていたのに……俺は）

だが自分たちの交際と彼女の仕事は、分けて考えなくてはならない。

久能は押し殺した声で口を開いた。

「由乃が悩んでいることに、俺はまったく気づかなかった。もし何か気に障ることをしてしまっていたなら、謝る。――本当に申し訳なかった」

「…………」

「だが君が仕事を辞めるのとは、話が別だ。たとえ恋愛関係を解消しても、俺は由乃に久能百貨店で働き続けてほしい。君には外商の才能があると思うから」

すると由乃が膝の上の拳をぐっと握り、苦渋に満ちた声でつぶやく。

「それは……」

「もちろん無理強いはできないが、せっかく入った会社なんだから仕事を続ける努力をしてほしい。俺とのことも含めてすぐに結論を出さず、日を改めて話をさせてくれないか」

辛抱強く自分の気持ちを伝えたものの、彼女の表情はひどく頑なだった。痛みを堪えるように唇を引き結んだ由乃が、手元に視線を落として告げる。

「もう一度話しても、わたしの気持ちは変わりません。でもひいお祖父さまの絵に関しては、近々先方からいいお返事を引き出せそうなんです。そちらは最後まで交渉役を全うしますから、あと少しだけお時間をください」

そう言って彼女がシートベルトをカチンと外し、車のドアに手を掛ける。

そしてこちらの顔を見ず、うつむいたまま言った。

「すみません、気持ちの整理をするため、ここからは自分の足で会社まで戻ります。――失礼します」

第七章

客先に来るときに降っていた雨は止(や)んだものの、空には鈍色(にびいろ)の雲が重く垂れ込め、道路には大小の水溜まりがいくつもできていた。

そこを足早に歩きながら、由乃は胸の痛みをじっと押し殺す。

（これでいい。仕事を辞めて隼人さんと別れたら、陸斗さんは絵を見せてもいいという気になってくれるかもしれない。それに……）

こちらから別れを切り出すのは、久能にとっても都合がいいはずだ。

先ほどの彼とのやり取りを思い出した由乃は、顔を歪める。本宮邸を出たあと、「仕事を辞めたいと思う」と語った由乃を、久能は驚きの表情で見ていた。

退職という結論に至った理由をもっともらしく並べ立ててみたものの、それは全部嘘だ。外商の仕事にはやりがいを見出(みいだ)しており、本音を言えば辞めたくない。だが現状で抱えているさまざまな事案を鑑みた結果、そうしたほうがいいという結論を出した。

（だって隼人さんは、梶本さんとつきあってるんだから。二人にとってわたしは、邪魔な存在なんだから……）

昨日、社内研修会のあとに階段ホールで二人の会話を聞いたときは、信じられない気持ちでいっぱいだった。

しかし彼らがかつてつきあっていたのは話の内容から確実で、疑いようがない。だがその後、オフィスに戻った久能は何食わぬ顔で「今日は夜に予定が入ったため、会えない」というメッセージを送ってきて、由乃はショックを受けた。

階段ホールで話していたときの梶本は、彼に「今日も家まで来てほしい」と言っており、久能もそれを承諾していたため、〝夜の予定〟とはきっとそのことなのだろう。残酷な事実を思い知らされた由乃は、トイレでスマートフォンを手に胸の痛みをじっと押し殺した。

彼は何事もなかったように「用事が済んだあとなら会えるから、自宅マンションに来ないか」と誘ってきたり、実際に午後九時に電話をかけてきたものの、由乃はそれらをあえてスルーした。そして自分がどうするべきかを、じっと考えた。

（隼人さんと梶本さんが交際してるなら、わたしは身を引いたほうがいい。あんなにきれいで仕事ができる人に、太刀打ちできるわけないいもの）

久能への想いは消えておらず、完全に嫌いになれるはずもない。

むしろ彼に愛されている梶本に灼けつくような嫉妬の感情をおぼえるが、そもそもがこちらには勿体ないほどの男性だったのを思うと、久能を直接責める気にはなれなかった。

一方で気にかかっているのは、安曇典靖の絵の件だ。陸斗は芙美子に絵を見せる条件として、由乃が久能百貨店を辞めること、久能と別れること、そして自分の愛人になることを要求してきたが、そのうちの二つなら応じるのは可能だ。

（わたしは隼人さんと別れて、久能百貨店の仕事を辞めよう。そしてそれを条件に、何とか隼人さんのひいお祖母さまに絵を見せてもらえるように交渉すれば、陸斗さんは聞き入れてくれるかもしれない）

本当は仕事も久能のことも、諦めたくない。

だがこの先も彼に嘘をつかれ続けるのは、由乃には耐えられなかった。ならば久能との繋がりをすっぱり断ち切り、安曇典靖の絵の件も片づけて前に進めばいい。そして新しく仕事を見つけ、地に足をつけて生きていこう——そう心に決めた。

かくして由乃は、本宮邸を出てから車の中で久能に自分の意思を告げた。すると彼は驚いた顔をし、自身の至らぬ点を謝った上で、「せっかく入った会社なんだから続ける努力をしてほしい」「どうか俺とのことも含めてすぐに結論を出さず、日を改めて話をさせてくれないか」と食い下がってきて、由乃の心は揺れた。

（さっきの隼人さんは、とても実直で真摯な態度に見えた。わたしの仕事も評価してくれてすごくうれしかったけど、お客さまの前で誠実に振る舞うのが得意な人なんだから、信じちゃいけないよね）

あれ以上一緒にいるのが苦しくなった由乃は、「自分の足で帰ります」と言って車を出てきてしまった。

そのまま追いかけてこないことが、きっと久能の意思の表れなのだろう。もしかすると自分との関係を清算できる状況に、彼はホッとしているのかもしれない。

（馬鹿だな、わたし。久能さんにまんまと弄ばれるなんて、きっと恋愛経験がない世間知らずだからだ）

目に涙がこみ上げ、ポロリと頬を伝って落ちる。

先ほど久能と一緒にいるときは、感情を抑えて何とか事務的に話すことができた。しかし本当はメンタルがずたずたで、胸が苦しくてたまらない。

彼と恋人同士になって三週間余りしか経っていないものの、その存在は由乃の中に深く刻みつけられていた。オフィスにいるときは至ってクールな久能だが、プライベートでは優しく、年上らしい包容力がある。

スキンシップを通じて愛情を伝えることを惜しまず、外商としてのノウハウをフルに使って自宅に由乃の衣服とメイク道具一式を揃えてくれたときは、驚いたがうれしかった。

顧客の興味を引くべくあらゆる分野の商品知識に長けている彼は、話していてとても楽しい。名家の跡取り息子という出自を鼻に掛けず、いつも謙虚な態度で、常に仕事に関するインプットを欠かさない久能と一緒にいるのは由乃にとっていい刺激となっていた。

だがそれももう、終わりだ。会社を辞めれば彼との接点はなくなり、いつしか久能との恋は過去の出来事になっていくに違いない。

（でもその前に、絵の件を片づけなくちゃ。陸斗さんに会ってこちらの状況を伝えて、何としても芙美子さんに絵を見せてもらわないと）

涙を拭って深呼吸した由乃は顔を上げ、駅に向かって歩き出す。

そして公共交通機関を使い、一時間ほどかけて百貨店まで戻ると、車で帰った久能は既にオフィスにいた。

こちらに物言いたげな視線を向けてくる彼を、由乃はあえて無視する。そしてときおりかかってくる電話を取り次ぎながらレポートを作成し、午後六時に退勤した。

「お先に失礼します」

「鷺沢、ちょっと……」

何やら言いかけた久能だったが、折悪しくデスクの上の電話が鳴る。

彼が受話器を取って話し始めるのを見た由乃は、会釈をしてオフィスをあとにした。

そしてロッカールームでバッグや上着を取り出し、ビルの外に出る。

九月も半ば近くの最近はめっきり日が短くなり、午後六時を過ぎると次第に暗くなってきていた。まだ残暑は厳しいものの、日中の気温は三十度を下回る日が増えてきていて、季節は確実に秋に向かっているのだと感じる。

由乃の目的地は自宅ではなく、荻原家の屋敷だ。陸斗に直接会い、百貨店の退職と久能と別れることを条件に、芙美子に絵を見せてくれるよう交渉する。もし彼が了承しなければ荻原家当主の充明に面会を申し込み、直接交渉するつもりでいた。

(そうだ、埜口さんに連絡しておこう。心配してくれてたもんね)

埜口のスマートフォンに電話をかけると、三コール目で「はい、埜口です」という声が聞こえる。由乃は彼女に向かって呼びかけた。

「埜口さん、由乃です。今日のお夕飯だけど、何時に帰れるかわからないから、わたしの分は大丈夫だから」

『それは構いませんけど、どこかに行くんですか？』

「うん。陸斗さんのお宅に行って、直接交渉してくるつもり」

するとそれを聞いた彼女が、慌てたように言った。

『駄目ですよ、由乃さん。このあいだ荻原さんとは直接会わないって、約束したじゃないですか。もう婚約者でもないのに無茶な要求をしてくる相手に会うなんて、危険すぎますよ』

「わたし、久能さんと別れて百貨店の仕事も辞めるって決めたの。だからそれを条件にしたら、陸斗さんも絵を見せることに同意してくれるんじゃないかって」

『そんな、荻原さんに言われるがままに久能さんと別れるんですか？』

「ううん。理由は他にあるけど」

由乃は昨日会社で偶然聞いてしまった久能と梶本の会話、そしてその後の彼の行動を順を追って説明する。

「わたし、久能さんが自分以外の人と同時進行でつきあってるなんて、全然知らなかった。でも本命は絶対梶本さんのほうだし、このままズルズルつきあっても仕方ないから」

『だったら絵の件からも、手を引くべきじゃないですか？　由乃さんがわざわざ骨を折ってあげる必要はありませんよ』

「一度乗りかかった船だから。せっかく現在の所有者が荻原家だって特定できたんだもの、久能さんのひいお祖母さまに一目だけでも見せてあげたい」

陸斗に交渉し、もし色よい返事がもらえなければ父親の充明に直接話をするつもりだと説明すると、電話の向こうで埜口がため息をつく。

『わかりました。でも、もしまた陸斗さんに無茶なことを言われるようだったら、すぐに帰ってきてくださいね』

「うん、わかった」

電話を切った由乃は、最寄りの駅へ向かう。

荻原家の屋敷は杉並区久我山にあり、地下鉄と電車を乗り継いで一時間ほどのところだ。駅周辺はスーパーや商店街がある庶民的な雰囲気だが、北側のエリアには豪邸が多く立ち並び、多くの文化人が好むブランドタウンとなっている。

電車の中から陸斗にメッセージを送り、「これからご自宅にお伺いし、話がしたい」と申し出たところ、彼からはOKの返事がきた。かつて婚約していた頃に数回訪問したことがあるため、自宅の場所は覚えている。

やがて到着した屋敷は、高い塀に囲われていて内部が見えなかった。インターホンを押し、家政婦に電動の門扉を開けてもらったところ、アプローチを兼ねたスタイリッシュな庭が両脇に広がる。

ライトアップされたそこを通って向かうのは、円弧状のフォルムが印象的なボーダータイル貼りの白亜の邸宅で、まるで美術館のような雰囲気を醸し出していた。

建物の中に入ると、白のタイルと珪藻土、ウォルナットのフローリングが印象的な内部はどこか無機質であるものの、ところどころに飾られたアートやオブジェが彩りを添えている。

（前に来たときも思ったけど、中はまるで美術館みたい。陸斗さんのお父さま、アートがお好きなんだ）

応接間に通されて待つこと数分、やがてドアが開く。現れたのは陸斗で、由乃は立ち上がって挨拶した。

「陸斗さん、突然訪問してしまい、申し訳ありません」

「いいよ。ちょうど仕事から帰ってきたところだったしね」

彼はスーツ姿ではなく、オフホワイトの薄手のニットと黒のスラックスという、くつろいだ恰好をしている。

家政婦が紅茶を運んできて、目の前に置いた。それに「ありがとうございます」と頭を下げた由乃は、彼女が退室していったタイミングで口を開く。

「今日こうしてご自宅にお邪魔したのは、かねてからお話ししていた安曇典靖の絵について最終的なご判断をいただきたかったからです」

由乃は陸斗を正面から見つめ、居住まいを正して告げる。

「これまで陸斗さんとは四度面会し、売買交渉をして参りました。前回はお父さまに絵を売却する意思はないとおっしゃっておりましたが、それは確かでしょうか」

「ああ、そうだ」

彼はカップの中身を一口啜り、チラリと笑って言う。

「わざわざ君がうちまで来るなんて、驚いた。前回僕が言ったことについて、決心してきたってことでいいのかな」

「そのお話をする前に、陸斗さんにお願いがあります。『芍薬と女』の現物を、わたしに見せていただけないでしょうか」

すると陸斗が、事も無げに答える。

「いいよ。こっちだ」

立ち上がった彼の後を追い、由乃は応接間を出る。

廊下を進み、二階に続く階段の踊り場の前で立ち止まった陸斗が、こちらを振り向いて言った。

「ほら、これが『芍薬と女』だ」

「——……」

　壁に掛けられた絵画を見上げた由乃は、目を見開く。

　Ｆ４号サイズのその絵は、キャンバスに油彩で描かれており、革張りの椅子に座る縞模様の和服を着た女性と、手前のテーブルに芍薬の花が生けられた花瓶が置かれているという構図だ。

　十代後半か二十代前半に見える女性は艶やかな黒髪をまとめていて、秀でた額とすっと通った鼻筋、黒目がちな大きな目と赤い唇が印象的だった。顔立ちははっとするほど美しく、体型はほっそりしていて、革張りの椅子に深く腰掛けて手を膝の上で組んでいる。

　肌の微細な陰影によって彼女の若さや瑞々しさを表現し、手前のテーブルに生けられた芍薬は柔らかそうな花びらの一枚一枚までが繊細に描かれていて、当時二十一歳の若者の作品だとは思えないほどの見事な筆致だった。

　由乃は感嘆のため息を漏らしてつぶやいた。

「素晴らしい作品ですね。わたしは昔オークションに出品されたときの目録の写真しか見たことがないのですけど、実物の迫力はまったく違います」

「父さんは伊吹さんから、かなりの金額でこれを購入したらしいよ。一目で気に入ったって言ってた」

絵からはモデルである妻に対する美への称賛が如実に表現されており、文句なしの秀作だ。

妻に贈った絵であるためにあえて展覧会には出さなかったというが、デビュー前のレアな作品として高値がついているのも頷ける出来栄えだった。

陸斗が「戻ろうか」と言って由乃を促し、応接間に戻る。改めてソファに腰掛け、彼が微笑んで告げた。

「で、前回僕が言った条件についてはどうなったのかな。今日はその話をしに来たわけだろう?」

どこか面白がるような表情の陸斗を見つめ、由乃は頷いて答える。

「はい。久能芙美子さんに『芍薬と女』の絵をお見せするために陸斗さんが出した条件は、わたしが久能百貨店の外商の仕事を辞めること、現在交際中の久能隼人さんと別れること、そしてあなたの……その、愛人になることでしたよね」

「ああ」

「わたしは百貨店の仕事を退職し、久能さんと別れるつもりでいます。その旨を、今日彼に直接伝えてきました。ですからどうか、芙美子さんにあの絵を見せてあげていただけませんか？　お願いいたします」

由乃が深く頭を下げると、彼が問いかけてくる。

「最後の条件については言及がないけど、それについては？」

「そのことに関しては……申し訳ありませんが、お受けできません。恋愛関係でもない人と、そういう行為はできませんから」

かすかに顔を歪めて答える由乃に、陸斗が皮肉っぽく笑って告げた。

「僕の提案を聞けないのに、お願いは聞いてくれって？　それは都合がよすぎるんじゃないかな」

「仕事を辞めること、久能さんと別れることについては了承しています。この二つの条件だけでも、わたしにとっては大きな条件です。どうか了承していただけないでしょうか」

由乃は一旦言葉を切り、彼を真っすぐに見つめて言う。

「もし駄目だというならば、陸斗さんではなくお父さまの充明さんに面談を申し込みます。そして改めて絵について交渉するつもりです」

「父さんは忙しくて、君に会う時間はないよ。だから僕が代わりに話をしてるんだろう」

「陸斗さんとお話しして決裂するのなら、所有者本人であるお父さまと直接お話しさせていただきたいんです。どんなに忙しくても三十分だけお時間をいただけるようにお願いすれば、いずれお会いすることは叶うはずですから」

するとと陸斗がソファに背を預けて脚を組み、鼻で笑う。

「もう答えは出てるのに無理やり父さんに面会を申し込もうとするなんて、失礼極まりないな。しかも僕が提示した条件をすべて履行せずに絵を見せろとは、かなり図々しい」

「お言葉ですが、出された条件は社会通念上、理不尽で納得しがたいものだと思っています。陸斗さんがそのような条件をわたしに提示していることを、お父さまはご存じなのでしょうか」

それを聞いた彼がピクリと表情を動かし、由乃に問いかけてくる。

「僕を脅す気か？」

「そんなことはありません。ただ、お父さまも陸斗さんと同じような考えの持ち主なのか、疑問に思っただけです」

陸斗が背もたれから身体を起こし、両膝に肘をついて前屈みにこちらを見つめる。

そして正面から由乃を見据え、冷ややかな表情で言った。

「――生意気な口をきくなよ、君ごときが」

「…………」

「父親が逮捕されて屋敷も差し押さえられた令嬢崩れが、ずいぶんと態度がでかいな。落ちぶれて一般庶民の暮らしをしてるくせに、僕に逆らっていいと思ってるのか？　むしろ〝玩具〟扱いでも僕に構ってもらえることを、光栄に思えよ」

傲岸不遜にそう言いきられ、由乃は顔をこわばらせる。

かつて婚約していた頃、彼はこんな言い方をしたことはなかった。いつもニコニコと柔和で、いかにも良家に生まれ育った令息という雰囲気だったが、こんなふうに人を見下す人間だったのだと思うとぎゅっと胃が引き絞られる。

陸斗が口元を歪め、尊大な口調で由乃に命じた。

「――悪いと思ったら、そこで土下座しろよ」

「…………」

「這(は)い蹲(つくば)って僕に詫(わ)びろ。そうしたら、絵の件について考え直してやってもいい」

それを聞いた由乃は、彼に問いかけた。

「本当ですか？」

「ああ。老い先短い安曇典靖の夫人に、絵を見せてやりたいんだろう？　だったら跪いて頭を下げるくらい、安いもののはずだ」

本当は陸斗にここまで蔑まれる謂われはなく、その言葉に従う必要はない。

埜口が言っていたとおり、もう久能と別れるなら絵のことなど放っておいても構わないのだろう。

（でも……）

先ほど見た『芍薬と女』は、とても素晴らしかった。

亡き夫が描いたあの絵を一目見たいという芙美子の願いを、どうにかして叶えてあげたい。そのために自分が土下座をするくらい、安いものだ。

そう考えた由乃は、ソファから立ち上がる。そしてテーブルの脇を通り過ぎて陸斗の前まで来ると、スカートの裾に気をつけながら床に跪いた。

そして両手をつき、深く頭を下げて告げる。

「陸斗さんに失礼なことを申し上げてしまい、大変申し訳ありませんでした。どうか久能芙美子さんに、絵を見せて差し上げてください。お願いいたします」

するとこちらを見下ろした彼がしばらく沈黙し、やがて盛大に噴き出す。陸斗は楽しくて仕方ないという口調で言った。

「ははっ、いい様だな。人が土下座をしている姿なんて滅多に見る機会がないから、実に気分がいい」

そのとき突然、応接間のドアが開く。

そこにいたのは、スーツ姿の久能だった。床に座り込んだ姿勢のまま、由乃は驚いてつぶやく。

「……隼人さん」

「何だ、君は。いきなり入ってくるなんて」

戸惑いの表情を浮かべる陸斗に、久能の後ろにいた家政婦が慌てたように答える。

「陸斗さま、申し訳ありません。先ほど訪ねていらしたこちらの方が、『鷺沢由乃さんがこの屋敷に来ているはずですが、どこにいますか』とおっしゃって。陸斗さまと応接間でお話し中だとお伝えしましたら、勝手に中に進まれてこのように」

どうやら久能は応接間の場所を聞き、家政婦の制止を振りきってここまで来たらしい。

久能が由乃の姿を見つめ、眉をひそめて言った。

「何をしてるんだ、君は。まさか土下座させられていたのか？」

「あの……」

「おい、君は一体誰なんだ。勝手にズカズカと家の中に入ってくるなんて、非常識極まりない」

陸斗が不快そうに問い質し、久能は彼に向き直って折り目正しく答える。

「突然お邪魔してしまい、大変申し訳ありません。僕は久能隼人と申します。鷺沢の上司です」

陸斗が「久能？」とつぶやき、彼に手渡された名刺をしげしげと眺める。そしてそこに記載された肩書きを見て言った。

「久能百貨店外商部、マネージャー……。苗字が久能ってことは」

「現社長は、僕の父です」

「へえ、御曹司ってわけだ。じゃああなたが、由乃さんの今の交際相手なんだな」

口元を歪めて笑う彼は、どこか嘲るような表情をしている。そんな陸斗に、久能が問いかけた。

「鷺沢がこうして床に座らされているのは、一体どういうことでしょうか」

「彼女がわざわざ自宅までやって来て、安曇典靖の絵に関して僕に頼み事をしたんだ。でもお願いする立場であるにもかかわらず、身の程を弁えない嘗めた口をきくから、

『土下座しろ』って言ったんだよ。そうすれば、絵のことを考え直してあげてもいいと」

陸斗の久能に対する口調は、ひどくぞんざいだ。

おそらく渡した名刺に書かれた肩書きが〝久能百貨店外商部　マネージャー〟だったため、「外商なら、自分より地位が下だろう」と判断したに違いない。

「つまりあなたは自身が絵を所有する家の息子であることから、優位的な立場を利用し、鷺沢を土下座させた。それで間違いありませんか」

するとそれを聞いた久能が、由乃の肘をつかんで床から立ち上がらせながら言った。

「言っただろう、由乃さんが僕に対して嘗めた口をきいたからだって。父親が犯罪者で落ちぶれた身分のくせに、いつまでもこちらと対等な気でいるのがおかしいんだよ」

由乃は久能がこの場に現れたことに、ひどく驚いていた。

思わず「隼人さん、どうして……」とつぶやくと、彼が説明する。

「君が退勤したあと、どうしても話がしたくてすぐに後を追いかけたけど、見つけることができなかった。それで自宅アパートまで行ったところ、同居人の女性が応対してくれたんだ。そして君が荻原家に向かったことを聞いた」

インターホンに応えて出てきた埜口は、久能の顔を見て驚いていたらしい。

彼女は久能の素性を知った途端、「あなたは一体、どういうつもりで由乃さんとつきあっているんですか」と問いかけてきたという。

真剣な気持ちで交際していると答えたところ、埜口は由乃が陸斗から絵を久能芙美子に見せる条件として百貨店の仕事を辞めること、そして久能と別れることを条件として出されていた事実を話したらしい。

『由乃さんは、自分がどうするべきか悩んでいました。そんな中、久能さんが会社の女性と親密にしていることに気づいて、荻原さんが出した条件をのむのと引き換えに絵の件について色よい返事を引き出そうと決めたそうです。それで久我山にある荻原家のお屋敷まで行くと言っていました』

それを聞いた久能は伝手を辿って荻原家の屋敷の住所を調べ、ここに乗り込んできたというのが事の顛末らしい。彼が由乃を見下ろして言った。

「君が荻原さんに土下座をしたのは、絵の件に関して荻原さんからいい返事を引き出すためか？」

由乃は頷き、答えた。

「先ほど『芍薬と女』の実物を見せてもらいましたが、本当に素晴らしい作品でした。

丁寧な筆致に被写体への愛情と美への称賛が溢れていて、たとえ一目だけでもこの絵を隼人さんのひいお祖母さまに見ていただきたいと強く思ったんです。だから陸斗さんの要求に応じました」

するとく久能がかすかに顔を歪め、苦渋に満ちた声でつぶやく。

「君がそこまで考えてくれているなんて、俺はまったく知らなかった。ましてや別れを決めたあとにまで……そんな」

言葉を途切れさせた彼が、小さく息をつく。

そして気持ちを切り替えた様子で顔を上げ、陸斗に向き直ると、明朗な口調で問いかけた。

「荻原さん、安曇典靖の絵に関して、そちらは売却に応じるつもりはない。それでよろしいですか」

「あ、ああ」

「そうですか。では、それで結構です。——鷺沢、帰るぞ」

久能がきっぱりそう告げて応接間を出ていこうとし、由乃は慌てて言った。

「隼人さん、そんなの駄目です。せっかく絵を見つけたのに諦めるだなんて……っ」

「そ、そうだ。君、頼み事があるなら、こちらにそれなりの誠意を尽くすべきじゃないのか」

　陸斗も狼狽したように声を上げ、応接間を出ていきかけた久能がピタリと足を止める。

　そして彼のほうを振り返り、鋭い眼差しで告げた。

「あなたのような人が誠意を語るなど、甚だおこがましい。自身の優越感を満たすために女性を土下座させて喜ぶような下劣な人間が、一体何を言ってるんですか」

「……っ」

「それに僕とあなたは初対面であるにもかかわらず、なぜこちらを見下すような口調で話されているのか、その理由もわからない。先ほどこちらの身元を明かすために名刺をお渡ししましたが、今日の僕は百貨店の外商としてこの家を訪れているのではありません。〝久能隼人〟という一個人として来ているのですが、それに対してそのような態度で接するのがあなたの礼儀なのですね」

　陸斗の顔が、みるみる赤らんでいく。

　確かに〝外商〟として客に接するときの久能は、いつもにこやかだ。だが今日は笑みひとつ浮かべず淡々としていて、一個人として来ているという発言には納得できる。

　そして上流階級ほど相手を家柄で見る傾向があるが、明治から続く老舗百貨店の跡取りである久能と、銀行頭取の息子であっても一会社員にすぎない陸斗では、まったく格が違う。

つまり久能は言外に「君程度の人間が、自分を見下すのか」と問いかけていて、それに気づいた陸斗はすっかり顔色を失くしていた。

(普段の隼人さんは、人前で自分の家柄や出自をひけらかすことはない。でも、陸斗さんが相手だからあえてこうしてるんだ)

久能の冷ややかな態度は、由乃を貶めた陸斗への強烈な意趣返しだ。

言葉を失う彼を見下ろし、久能が事務的な口調で告げた。

「安曇典靖の絵については、もう結構です。鷺沢を犠牲にしてまで手に入れたいとは思いませんし、僕の曾祖母も作者である曾祖父も、この決断にはきっと納得してくれるでしょう。それから今後は、彼女に一切接触を持たないように。あなたは既に鷺沢の婚約者ではなく、彼女に何かを強制できる立場ではありません。もし破った場合は相応の対応をしますので、ご了承ください」

彼はソファの上に置いてあった由乃のバッグに腕を伸ばし、手渡してくれる。そしてこちらの肩を抱き、陸斗に「失礼」と告げて応接間を出た。

「隼人さん、よかったんですか？　せっかく絵を見つけたのに、あんなことを言って」

玄関に向かって歩きながら由乃が問いかけると、彼は頷いて答える。

「いいんだ。さっきも言ったが、俺は君にあんな真似をさせてまで絵を手に入れようとは思わない」

廊下を進み、玄関ホールに向かった由乃と久能だったが、そこで思わぬ人物を見つけて足を止める。

「あ、……」

ちょうど外から帰ってきたのは、五十代後半のスーツ姿の男性だった。

きちんと髪を撫でつけ、眼鏡を掛けた理知的な風貌の彼は、出迎えた家政婦に鞄を手渡しているところだったが、こちらに目を留めて眉を上げる。

「君は……」

「ご、ご無沙汰しております」

由乃は慌てて頭を下げる。

そこにいたのは、飛鳥井銀行の頭取で陸斗の父親である、荻原充明だった。二年前、五十五歳の若さで頭取に就任して話題になった彼は、いかにも切れ者という雰囲気を漂わせている。

由乃とは陸斗との結納後も何度か面識があったが、直接顔を合わせるのは約七ヵ月ぶりだ。充明が驚きの表情で言った。

「鷺沢由乃さんだろう。久しぶりだね」

「はい」

「鷺沢社長が亡くなられて以来か。その後、陸斗との縁談は残念ながら破談になってしまったが、元気にしておられたのかな」

「現在は、久能百貨店の外商部に勤務しております」

するとと彼が意外そうにこちらを見つめ、由乃はふと疑問に思う。

（陸斗さんのお父さま、わたしのことについて何も聞いていない？　絵の売却交渉のときに、こっちの現状を話したのだと思っていたけど……）

充明が由乃の隣に立つ久能に視線を向け、「そちらの方は……」とつぶやく。

由乃が答えるより一瞬早く、久能が自己紹介をした。

「久能隼人と申します。本日は荻原家で所有されているという安曇典靖の絵についてお話があり、ご子息の陸斗さんとお会いしておりました」

「久能というと、久能百貨店の……？」

「はい。社長の久能孝志は、僕の父親になります」

「久能社長とは、政財界のパーティーで何度かお会いしたことがあるよ。こんなに立派なご子息がおられたとは」

充明が「ところで」と言って、言葉を続けた。

「先ほど安曇典靖の絵がどうとか言っていたが、一体どういうことかな」

それを聞いた由乃は、「あの」と話に割り込む。

「もしかして荻原さんは、陸斗さんから話を聞いてらっしゃらないのでしょうか。わたしは画商の伊吹さんから『芍薬と女』の絵がこの家にあるとお聞きし、一週間前に陸斗さんに連絡を取りました。そして購入の交渉をさせていただきたく、陸斗さんにお父さまへの仲介を頼んだのですが、その答えは『父はあの絵を売らないと言っている』というものでした」

すると充明が表情を曇らせ、つぶやくように言う。

「おかしいな。私はその件について、何も聞いていない」

──絵の売却話は、本来の所有者である荻原充明に伝わっていなかった。

それを理解した由乃は、顔をこわばらせる。

（陸斗さんは、お父さまに絵の話をしていなかった。それなのにさんざん答えを引き延ばし、「父は売らないと言っている」と嘘をついて、わたしに理不尽な要求をしてきた……）

久能が『芍薬と女』の作者である安曇典靖は自身の曾祖父であること、余命宣告を受けた曾祖母がその絵を見たがっており、ずっと行方を捜していたのだと説明すると、充明がみるみる深刻な表情になる。

「申し訳ないが、私にとっては初耳の話だ。坂本さん、陸斗を呼んできてもらえるかな」

「はい、かしこまりました」

家政婦が去っていったあと、彼にリビングに促され、由乃は久能と共に移動する。するとと数分後に陸斗が現れ、こちらを見るなりギクリとした顔でつぶやいた。

「君たち、どうしてここに。もう帰ったんじゃなかったのか」

どうやら彼は家政婦に「旦那さまがお呼びです」とだけ告げられ、何の疑問もなくやって来たらしい。そんな息子に対し、充明が口を開いた。

「ついさっき玄関先で会って、二人がこの家に来た用件を聞いたんだ。すると鷺沢さんは、一週間前から安曇典靖の絵の売買についてお前に仲介を頼んでいたというが、私は一切その話を聞いていない。これは一体どういうことだ」

「それは……」

父親に問い詰められた陸斗が、気まずく言いよどむ。

そんな彼を見つめながら、久能が口を開いた。

「僕がこのお屋敷を訪れたとき、彼女は応接間で土下座させられていました。理由は、『身の程を弁えない嘗めた口をきくからだ』と」

「……何だって」

由乃は遠慮がちに、絵について交渉を始めてから数日間連続で呼び出され、そのたびに話をはぐらかされていたこと、父親は「売らない」と言っているものの、条件次第で久能芙美子に絵を見せてやってもいいと言われたことを説明した。

そして勇気を出して、言葉を続ける。

「その条件とはわたしが百貨店の仕事を辞めること、そして久能さんと別れることでしたが、実はもうひとつありました。——それはわたしが、陸斗さんの愛人になることです」

ただし結婚するつもりは毛頭なく、陸斗にとって都合のいい存在になるように言われたのだと語ると、充明が信じられないという顔で息子を見た。

「本当なのか、陸斗。お前は由乃さんに対して、そんなことを」

「いや、あの」

その瞬間、隣に座る久能を取り巻く空気がピリッと張り詰め、由乃は驚いて彼に視線を向ける。

するとと久能は瞳に激しい怒りを漲らせて陸斗を見つめており、常にないその表情に由乃はドキリとした。久能が押し殺した声で口を開いた。

「絵を僕の曾祖母に見せるというのを餌に、鷺沢に自分の性的な玩具になれと？　そんなことが言えるなんて、あなたは一体どこまで性根が腐っているんだ。彼女は誰かに踏みつけにされていい存在ではない」

久能の怒りを感じ取った陸斗が、慌てて言い訳する。

「じ、冗談だったんだ。僕と別れてそう時間が経っていないにもかかわらず、うちより家格が上の男とつきあっているのが面白くなくて、それで――」

「鷺沢を土下座させたのも、冗談ですか？　昨今はそういうことをすれば強要罪が適用されますが、それをご存じないとはあまりに浅慮がすぎる」

辛辣な久能の言葉を聞いた充明が表情を改め、深刻な面持ちで深く頭を下げてくる。

「由乃さん、愚息がとんでもないことをしてしまいました。言葉であなたの尊厳を傷つけただけではなく、土下座を強要するなど……。本当に申し訳ありません」

「いえ、お父さまが謝ることではありませんから」

顔を上げた充明が、苦渋に満ちた声音で告げる。

「息子の仕出かしたことについてきちんとお詫びをしたいと思っていますが、その前に本人に事実関係を確認しなければなりません。今日のところはお引き取りいただき、後日改めて謝罪の場を設けたいと思いますが、それでよろしいですか」

「はい。構いません」

充明が「それから」と言って、久能を見る。

「安曇典靖の絵についてですが、今回のこととは別として考えたいと思っています。とはいえ決して悪いようにはいたしませんので、こちらも少々検討するお時間をいただきたい」

「ええ。もちろんです」

彼らが名刺を交換し、由乃は久能と連れ立って荻原邸を辞する。

外に出ると、小さくため息が漏れた。自分なりに陸斗と決着をつけるためにこの屋敷を訪れ、そこに久能や充明が居合わせるなど、まったくの予想外だ。しかし事態がいい方向に転がりそうなため、結果オーライなのだろうか。

久能がこちらを見下ろして言った。

「俺は車で来てるから、乗ってもらえるか」

「は、はい」

来客用の駐車スペースに停められた彼の車に乗り込み、シートベルトを締める。

緩やかに走り出した車の中、由乃は久能に対してどういう態度を取るべきかを考えていた。今日の夕方、本宮邸を出たあとに退職したいことと久能と別れたい旨を伝えたところ、彼は「改めて話をさせてほしい」と食い下がってきた。

それをにべもなく断って今に至るが、久能は由乃を心配してわざわざ荻原邸を訪れてくれたのだという。気まずく視線を落としながら、由乃は口を開いた。

「隼人さん、ここまで来ていただいてすみません。荻原家のお屋敷の場所を、どうやって知ったんですか?」

「知人の何人かに、『飛鳥井銀行頭取の、荻原氏の自宅を知っているか』と聞いたんだ。すると親交のある人がいて、教えてくれた」

久能が一旦言葉を切り、息をついて言う。

「君が土下座をさせられているのを見た瞬間、頭に血が上った。しかも彼は名刺を見て俺を一介の外商だと思い、あからさまに見下してきたから、つい言葉でやり込めてしまった。我ながら大人げない行動だったと反省している」

「そ、そんな。隼人さんは、わたしのためにああいうふうに言ってくれたんですから」

「ひい祖母さんに絵を見せるため、君が荻原陸斗に複数の条件を出されてるなんて、俺はまったく知らなかった。どうして言ってくれなかったんだ」

「それは……」

由乃は一瞬言いよどみ、言葉を選びながら答える。

「隼人さんに、心配をかけたくなかったからです。もしわたしが条件を突っぱねれば、ひいお祖母さまが絵を見る機会は永遠に失われてしまうかもしれません。だから」

「条件の中には、君があの男の愛人になるというのもあったんだろう。まさか受け入れる気だったのか？」

「そ、そんなことありません。最初から受け入れるつもりはありませんでしたし、そんなことを言い出した陸斗さんを心底軽蔑しました。でも——そんな矢先、わたしは知ってしまったんです。隼人さんと梶本さんの関係を」

久能が驚きに目を瞠り、こちらに視線を向ける。それを見つめ返し、由乃は言葉を続けた。

「昨日社内研修会が終わったあと、エレベーターが保守点検中なのを知ったわたしは、階段でオフィスに戻ろうとしていました。そうしたら、隼人さんと梶本さんが話しているのをたまたま聞いてしまったんです。二人が以前つきあっていて、前日に札幌出張から戻った隼人さんが梶本さんの自宅に行っていたことを」

梶本は「今日も昨日みたいに、私の家まで来てくれる?」と久能にお願いしていて、彼はそれを了承した。

その後、久能からは「今日は夜に予定が入ったため、会えない」というメッセージがきて二人の会話を裏づける形となり、ひどくショックを受けた。

そう語った由乃は膝の上で手を強く握り合わせ、押し殺した声で話を続けた。

「わたし……隼人さんが自分以外の女性とつきあっているとは思っていなくて、どうしたらいいかわからなくなりました。でも、梶本さんはあのとおりきれいで仕事もできる女性なので、到底太刀打ちできないと思ったんです。折しもわたしは陸斗さんに例の条件を提示されているところだったので、仕事を辞めて隼人さんと別れることを告げれば絵の件を了承してもらえるのではないかと思い、荻原家のお屋敷に向かいました」

すると久能が息をつき、「なるほどな」とつぶやいた。

「君の態度が、急に変わった原因がわかった。俺と梶本がつきあっていると思い、身を引く決心をしたのか」

「…………」

「それは誤解だ。確かに俺と彼女はかつて交際していたことがあったが、それは四年前の話でとっくに終わってる。梶本と話をしていたのは、彼女が別れた夫につき纏われて悩んでいたからだ」

――久能は説明した。

四年前に破局して半年後、梶本は若手起業家の男性と結婚した。当時は飛ぶ鳥を落とす勢いの会社で、二人の関係は順風満帆だったものの、二年余りが経つ頃には暗雲が垂れ込めていたという。

「梶本の夫が経営する会社はダイエットフードで成長した会社だったが、同業他社に業績が抜かれて徐々に経営が悪化したそうだ。それに伴って夫の言動が粗暴になり、二人の間では喧嘩が絶えなくなって、今から半年前に離婚した」

幸いにも梶本は仕事を続けていたため、離婚後は億単位の予算を持つ凄腕バイヤーとして、今まで以上に精力的に海外の買いつけに走り回るようになったという。

だがそれからしばらくして、身の回りの異変に気づいた。

「仕事の帰りに後をつけられたり、自宅の電話に何十回も無言電話が入るようになったんだそうだ。一体誰がそんなことをしているかわからずに怯えていると、元夫から連絡が来たらしい。『何か困っていることはないか』『俺はまだ君を愛してる、やり直そう』って」

それを聞いた梶本は、元夫がストーカー本人であるにもかかわらず、無関係を装って自分を懐柔しようとしているのだと直感的に悟ったという。

どうやら彼は経済的に困窮し、梶本に依存したくてつき纏っていたようだ。彼女はそれを誰にも言えずに悩んでいたところ、たまたま百貨店の館内で久能に会い、思わず事情を話したのだと彼は説明した。

「梶本は元夫を避けるために一度は転居したものの、勤務先がばれているために職場から後をつけられ、結局元の木阿弥だった。『一人になるのが怖い』という彼女に同情した俺は、仕事が終わったあとに何度か自宅まで送り届けた。だが誓って言うが、梶本に対して恋愛感情はない。俺が好きなのは、由乃だけだ」

久能は「でも」と言葉を続け、ハンドルを握りつつ由乃に視線を向ける。

「事情を話さなかったことで君に誤解させてしまったのは、申し訳なく思う。本当にごめん」

「……っ」

由乃の目に、涙がこみ上げる。

久能の声色は真摯で、嘘を言っている様子はない。梶本との会話を聞いたときは裏切られた気持ちでいっぱいになっていたが、事情を聞けば納得できる部分もある。

だが引っかかりをおぼえるところもあり、由乃は小さな声で言った。

「でも……梶本さんのほうは、違うんじゃないですか？　わたしが聞いた会話では、あの人は隼人さんと別れたことを後悔しているような口ぶりでした」

「そうだな。彼女は俺を頼りたがっていたし、この機会によりを戻したいという意思表示もされた。でも俺は由乃とつきあっていると梶本に伝え、それを断ったんだ。期待されるのは困るから、今後はつき纏い行為について警察に相談するように提案したし、元夫に接近禁止を通告するための弁護士も紹介した。だから今後は、二人きりで会うことはない」

由乃の心に、安堵が広がる。

彼が梶本とつきあっているのではなくて、本当によかった。そう考えていると、久能が再び口を開く。

「由乃に会うためにアパートまで行って、そこで同居人の女性に『あなたはどういうつもりで、由乃さんとつきあっているんですか』って言われたと話しただろう？　それには続きがあるんだ」

「えっ？」

「彼女から、『最初に〝恋愛の練習〟という提案に乗った時点で、由乃さんを大切にしていないんじゃないか』と詰(なじ)られた。『そんなことを持ちかける彼女もどうかと思いますけど、応じるあなたもあなたです』って」

さらに埜口は、「本気じゃないなら、もう中途半端な関係はやめてください」「それとも由乃さんを、適当な欲求不満の解消の相手だと思ってるんですか」と発言したといい、それを聞いた由乃は何ともいえない気持ちになる。

（埜口さんが、隼人さんにそこまで言うなんて。今までずっと話を聞いてくれていたから、きっとわたしの代わりに怒ってくれたんだ）

それは久能も同じように考えたらしく、彼は脇道に入って車を緩やかに減速させながら言った。

「おそらく彼女は君から俺の浮気疑惑を聞いていたために、そんな言い方をしたんだろう。でも俺は中途半端な気持ちで由乃とつきあっていないし、欲求不満を解消するための相手とも考えていない。君が好きで、何よりも大切にしたい相手だと思ってる」

路肩に車を停車させた彼が、改めてこちらを見る。そして真剣な表情で告げた。

「由乃は俺が梶本と浮気していると考え、別れを決意しながら、それでも俺のひい祖母さんのために荻原陸斗と交渉してくれたわけだろう。しかも土下座までして」

「それは……わたしが自分から『交渉役を任せてください』って申し出たからです。せっかく絵の在処がわかったのに見ることもできないなんて、すごく悔しいです。だからわたしが土下座をすることで見せてもらえるなら安いものだと思って、陸斗さんの言葉に従いました」

「君の気持ちはうれしいが、そこまでしてくれなくてよかったんだ。ひい祖母さんは由乃に惨めな思いをさせてまで絵を見たいと考える人ではないし、それは俺も同じだ。君が床に手をついているのを見た瞬間、頭に血が上ったし、あの男を殴りたい衝動を必死に堪えてた。しかも愛人になれと発言するなど、本当に許しがたい」

久能の声には抑えがたい怒りがにじんでおり、由乃はドキリとする。彼が言葉を続けた。

「たまたま荻原充明氏と面会できて、話がいい方向に向かいそうでよかった。だがこの先は、絶対にあんな真似はしないでほしい。君を踏みつけにしてまで得ようと思うものは、何もないから」

「……隼人さん」

「それから、改めて言いたい。俺は梶本と疚しいことは何もないし、この先は仕事以外で関わる気はない。荻原陸斗に出された〝条件〟はのまなくてよくなったんだから、もう一度俺を信じてつきあってくれないか」

久能が腕を伸ばし、こちらの手をぎゅっと握ってくる。彼は由乃の目を真っすぐに見つめ、真剣な表情で言った。

「――君が好きだ。何事も真面目に取り組むところや品がよくて素直なところ、誠実な受け答えをするところをいとおしく思ってる。お嬢さま育ちから一転して社会の荒波に巻き込まれても、腐ることなく前向きでいる部分を尊敬するし、そんな由乃をずっと傍で見ていたい。俺にできることなら何でもしてやりたい――そう思ってるんだ」

「……っ」

触れた手のぬくもりがじんと心に沁みて、由乃は瞳を揺らす。

久能百貨店に入社したばかりの頃、久能はこちらを腰掛けで就職したのだと考え、ひどく冷淡な態度を取った。しかし真剣に仕事に取り組むうちに考えを改め、潔く謝ってくれたときに「誠実な人なのだな」と感じた。

外商としてトップクラスの実力を持つ彼は、完璧なビジネスマナーと幅広い商品知識を持っており、仕事に対する姿勢が尊敬できる。名家の生まれであることをひけらかさず、常に努力を続ける久能を、由乃はいつしか好きになっていた。

だからこそ梶本との会話を聞いたときは裏切られた気持ちが強く、別れを選択した。だがそれが勘違いだったのなら、彼を拒む理由はない。

由乃は久能につかまれた手を動かし、自ら握り合う形にする。そして彼の目を見つめて応えた。

「わたしも、隼人さんが好きです。……他の誰よりも」

「……由乃」

「わたしが久能百貨店を辞めると言ったのは、傍にいると絶対にあなたを諦めきれないと思ったからです。もう赤の他人になったのに同じ部署にいて、もし館内で梶本さんと一緒にいるのを見かけたりしたら、耐えられない。そんな逃げの気持ちがあって、陸斗さんが提示した条件に便乗しました」

久能と別れ、百貨店を辞めることで芙美子が『芍薬と女』の絵を見られるなら、悔いはない。

そう思ったものの、時間が経つにつれて別れを告げた事実にじくじくと胸が痛み、苦しくなっていた。そんなときに彼が自分を追って荻原邸までやって来てくれ、陸斗に向かって毅然と言い返してくれたときは、うれしかった。

由乃がそう語ると、久能が面映ゆそうに答える。

「よかった。君が突然仕事を辞めると言い出したときは驚いたし、その理由が俺と別れたいからだと聞いて、肝が冷えた。自分なりに由乃を大切にしていたつもりだったけど、それが重いと思われていたのかと考えて、ショックだった」

「あの、あれは勢いで言ってしまっただけです。本当は隼人さんに優しくしてもらえてすごくうれしかったですし、こんなに大切にされる価値が自分にあるのかと不安になったりもしました。だってわたしは没落した家の娘で、父は逮捕されたわけですから」

財界で名家といわれる久能家は、息子がそんな女とつきあうのを許さないのではないか。

そんな懸念があったのだと由乃が言うと、彼はわずかに語気を強めて答える。

「確かにうちは歴史のある家柄だが、俺は自分がつきあう相手について親に文句を言わせる気はない。由乃の父親が逮捕されたのは事実だけど、君本人が罪を犯したわけではないし、もしそのことについて何か言う人間がいるのなら、たとえそれが親でも断固として抗議するつもりだ」

久能は「だから」と言いながら由乃の手を強く握り、こちらの目を見て告げた。

「この先も、ずっと傍にいてほしい。俺の持てる力すべてを使って、君を守るから」

真摯な声音を聞いた由乃の心が、じんと震える。

こちらを嘲った陸斗に対し、普段は決して自分の出自をひけらかさない久能は冷静に彼を威圧して、その鼻っ柱をへし折ってくれた。

今の言葉どおり、彼はこの先も揺るぎなく自分の傍にいてくれるに違いない。そう確信しながら、由乃は微笑んで応えた。

「はい。……どうぞよろしくお願いします」

すると久能が、ホッと気配を緩める。そして由乃の頭を引き寄せ、髪にキスをしてささやいた。

「――じゃあ、このまま自宅(うち)に行っていいか？」

「えっ？」

「確かめたいんだ。由乃の全部が、俺のものなんだって」

＊＊＊

「ん……っ」

電気が点いていない薄暗い空間に、かすかな息遣いが響く。

荻原邸から帰ってきた足で彼女を自宅に連れ戻った久能は、部屋に入るのももどかしく玄関先で彼女の唇を塞いでいた。頭ひとつ分低い由乃の後頭部を引き寄せ、上から覆い被さるように口腔を探ると、彼女がくぐもった声を漏らす。

さんざん貪ったあとで唇を離した途端、透明な唾液が互いの間で糸を引いて、由乃が上気した顔で言った。

「隼人さん、ここじゃ……」

「ああ。寝室に行こう」

彼女の手を引き、寝室を目指す。

今日の午後に突然別れを告げられたときは、ショックで目の前が真っ暗になった。だが誤解が解け、気持ちを確かめ合って、こうして由乃が自分の傍にいる。それが得がたいほどに幸せで、今すぐ彼女を抱きたくてたまらなくなっていた。

「あ……っ」

ベッドに押し倒し、柔らかな胸のふくらみに顔を埋めると、由乃が小さく声を漏らす。

骨格は華奢なのに彼女の身体はどこを触っても柔らかく、庇護欲と同時に征服欲が湧いた。恋人同士になってから日を置かずに抱き合っていたが、ここ一週間ほどは由乃にキスしかしておらず、飢餓感が募る。

久能は彼女の身体を、時間をかけて丁寧に愛した。どれほど気が逸っていても、由乃には欠片も苦痛を与えたくない。その一心で久能は己を律し、彼女の性感をじわじわと高めていく。

やがてどのくらい時間が経ったのか、感じすぎた由乃がぐったりとして、久能はそれを見下ろしながら身体を起こした。そして暑さを感じつつ首元のネクタイを引き抜き、シャツのボタンを外して脱ぎ捨てる。

目元に掛かって鬱陶しい髪を掻き上げると、その様子を彼女が潤んだ瞳で見つめていた。自身に避妊具を着けた久能は由乃の上に覆い被さり、素肌同士を触れ合わせると、彼女の目元にキスをしてささやいた。

「こうして君をまた抱けるなんて、夢みたいだ。もしかしたら本当に別れるかもしれないと思っていたのに」

「隼人さん……」

一度は手を離れかけた由乃が、今自分の腕の中にいる。

それがうれしくて目元や頬にキスをすると、彼女が両手でこちらの顔を包み込んでくる。そして上気した顔で言った。

「わたし、もう二度と『別れる』なんて言いません。隼人さんが好きだから」

由乃がそっと口づけてきて、久能はそれに応える。

初めは緩やかだったそれがすぐに熱を帯び、何度も角度を変えて貪った。すっかり昂ぶった自身を押しつけた久能は、そのまま彼女の中に押し入っていく。

「ん……っ」

一瞬苦しそうに眉根を寄せた由乃だったが、彼女の身体はすぐに久能を受け入れ、熱く潤み始めた。

律動を始めると由乃の声が甘くなり、それに強烈に煽られる。苦痛がなく快楽をおぼえているのはその反応から明らかで、気がつけば久能も息を乱していた。

「……っ、由乃……」

「あっ……！」

互いに夢中になって快楽を追い、一度果ててもまたすぐに求め合った。

ふと目覚めると彼女が腕の中で寝息を立てていて、時刻は午後十一時になろうとしている。自分が束の間眠っていたのに気づいた久能は、由乃の髪に触れて優しく呼びかけた。

「由乃、ちょっと起きられるか」

「えっ……？」

「一度、埜口さんに電話したほうがいい。たぶん心配してるから」

ぼんやりと目を開けた彼女が、すぐにはっきりと覚醒する。

そして乱れた髪のまま起き上がり、寝具を胸元に引き寄せながら慌てた様子でつぶやいた。

「そうですよね。わたし、うっかりしてて」

久能のワイシャツを羽織った由乃が玄関に戻り、そこに落ちていたバッグからスマートフォンを取り出して電話をかける。

「埜口さん、由乃です。ごめんなさい、連絡が遅くなって」

やはり埜口は連絡がないのを心配していたようで、それらしい声がスマートフォン越しに漏れ聞こえてきた。由乃がざっくりとこれまでの経緯を説明したところで、久能は電話を代わってもらう。

「埜口さん、お電話代わりました。久能です」

久能は彼女に対し、由乃が荻原邸に行ったことを教えてくれた礼、そして二人で話し合って浮気疑惑が解けたことを説明する。すると埜口が笑って答えた。

『由乃さんときちんと話し合われたと聞いて、ホッとしました。絵の件もいい方向に話が進みそうで、よかったですね』

「ありがとうございます。今日は彼女をこちらに泊めたいと思うのですが、よろしいでしょうか」

『私は由乃さんの保護者ではありませんので、わざわざお伺いを立てていただかなくても大丈夫ですよ』

久能が由乃にスマートフォンを返すと、彼女はしばらく埜口と言葉を交わし、「じゃあ」と言って電話を切る。

男物のブカブカのワイシャツを着た由乃は、身体の細さが目立って庇護欲をそそった。裾から見えるすんなりと細い脚に欲情を煽られつつ、久能は「由乃」と呼びかける。

「はい？」

「埜口さんと住んでいるアパートを出て、ここで一緒に暮らさないか？」

突然の申し出に、彼女が「えっ」と目を丸くしてこちらを見る。久能は微笑んで告げた。

「俺は自分を仕事しか興味のない人間だと思っていたけど、君に関してはそうではないようだ。とにかく一緒にいたいし、甘やかしたくてたまらない」

「……………」

「由乃をアパートに送っていくたび、別々の家に住んでいることがもどかしくなっていた。君さえよければ、ここに引っ越してきてくれるとうれしいんだが、どうだろう」

するとと彼女は狼狽し、「でも」とつぶやいた。

「わたしには分不相応なマンションですし、ご迷惑なんじゃ」

「迷惑だったら、こんな提案はしない。もしルームシェアしている埜口さん一人に家賃負担がかかってしまうのを心配しているなら、彼女が単身者用物件に引っ越すための費用を俺が出そう。もし君が了承してくれた場合は、明日にでも転居してきてくれて構わない。迅速に動いてくれる業者は心得ているから」

由乃が目を白黒させてこちらを見つめ、やがて小さく噴き出す。彼女が楽しそうに言った。

「隼人さんは、思い立ったら仕事が速いですね。目的を達成するための方法がスラスラ出てくるなんて」

「外商は、お客さまに頼まれたことをいかに早く行うかという仕事だからな。そういうふうに考える癖がついてる」

「埜口さんの転居費用は、わたしが払いますから大丈夫です。父が亡くなったあとに屋敷を差し押さえられたので、隼人さんはわたしを一文無しだと思っているかもしれませんけど、損失の補填はそれで賄えたために父名義の預貯金は手元に残ったんです。その半分を、わたしは相続という形で受け取りました」

実家を出たことを機に、由乃は「身の丈に合った生活をしよう」と考え、自分と同年代の女性の一般的な暮らしを心掛けていたらしい。

遺産はアパートを借りるときの初期費用や家具家電の購入費、そして埜口に月々支払う同居の謝礼金にしか使っておらず、かなりの金額が残っている状態なのだという。

久能は感心して彼女を見た。

「君はお父さんが亡くなったあと、自分がどう生きていくかを深く考えたんだな。遺産を浪費せず慎ましく暮らして、慣れない仕事も頑張るなんて、頭が下がる。そんな君を、俺は一方的な先入観で〝腰掛けで入社した甘ったれの元令嬢〟だと考えていた。本当に悪かった」

「その話はもういいんです。隼人さんはわたしに、きちんと謝ってくれましたから」

久能は「ところで」と言って、由乃に問いかける。

「埜口さんの転居費用の話をするってことは、君は俺と一緒に暮らすことに同意してくれたと考えていいのか？」

「はい。――わたしも隼人さんと一緒にいたいです」

自分たちが同じ気持ちであることがわかり、久能の中にじんわりと喜びがこみ上げる。由乃が笑顔で言った。

「埜口さんと同居を始めて以降、わたしは家事のプロである彼女にお掃除や料理を習ってきたんです。だからこの家でも頑張りますね」

「由乃一人に任せる気はないから、一緒にやろう」

「それからわたし、仕事も一生懸命やるつもりです。隼人さんが『久能百貨店で働き続けてほしい』『君には外商の才能があると思うから』って言ってくれたとき、すごくうれしかった。今はまだ知識も経験も隼人さんの足元に及びませんけど、いつかお客さまに満足していただけるような外商になれるように頑張りますから」

彼女の瞳はキラキラ輝いていて、その真っすぐさを心からいとおしく思う。

久能は腕を伸ばし、由乃の頬に触れながら、笑って言った。

「ああ。――君がいつか必ずそうなれるって、信じてるよ」

エピローグ

荻原邸で当主の充明と話をして二日後、由乃の元に先方の顧問弁護士から連絡が入り、「当家の嫡男・陸斗の言動についてお詫びしたい」という申し入れがあった。

充明が改めて陸斗を問い質したところ、彼は「由乃から連絡がきたとき、落ちぶれた元令嬢なら自分の意のままにできると考えた」「荻原家が所有する絵を欲しがっていたため、それを餌にすれば優位に立てると思い、理不尽な要求をしてしまった」と語ったという。

息子に全面的に非があると判断した充明は、こちらが被った精神的苦痛に対して慰謝料の支払いを提示してきて、由乃は久能と相談してそれを受けた。彼は別件として安曇典靖の絵に関して久能と話し合い、「非常に思い入れがある作品なので売却することはできないものの、夫人に見せるのはまったく構わない」と言ってくれた。

それから十日後、病院を一時退院した芙美子は、久能につき添われて荻原家を訪れた。そして車椅子に座ったまま階段の踊り場に飾られた『芍薬と女』の絵を眺め、涙を零した。

「典靖さんが描いた絵の中で、私が一番好きなのはやはりこれなの。描いた当時はまだ若かったから、後年に比べたらどこか粗削りな筆致だけど、筆の跡ひとつひとつに私への愛情を感じるのよ。こうして自分の目でもう一度見ることができて、本当によかったわ」

彼女は自分のために絵を探し当てた曾孫の久能とその恋人の由乃、そして自宅に招いてくれた荻原充明に、深く感謝していた。

二週間後、芙美子は病院で静かに息を引き取った。棺の中で眠る彼女は満ち足りたように穏やかな顔をしていて、葬儀に参列させてもらった由乃は「あの絵を見て、思い残すことがなくなったのかな」と考えつつ、悲しみを堪える久能の傍にそっと寄り添った。

一方、荻原陸斗は由乃に対する侮辱行為で父親から大目玉を食らい、数ヵ月後に地方の支店へと異動になったらしい。

本社の法人営業部という花形部署から外されて地方に飛ばされれば、出世コースに戻ることは難しい。優秀な幹部候補はいくらでもいるため、わざわざ人格的に問題のある人間を再抜擢する理由がないからだ。

(陸斗さんのお父さんがそこまでしたってことは、今回の件以外にも普段の行動に何

か問題があったのかもしれない。それか「財界に身を置く者として、久能家を怒らせるのはまずい」っていう考えもあったのかな)

久能の名刺を見たにもかかわらず、陸斗が彼を〝一介の外商〟扱いをして無礼な態度を取ったことは、家柄を重んじる上流階級では大きなタブーだ。

充明が息子のそうした見る目のなさを憂慮したのか、地方に飛ばして反省を促したのかはわからないが、厳しい態度を取ることで久能の顔を立てたのは間違いない。

あれから九ヵ月が経つ現在、由乃は久能百貨店の外商部で働き続けていた。入社してから一年のあいだ、研修として久能や他の外商に同行しながらさまざまな顧客に会い、そのうちのいくつかを引き継いでいる。

今は新規を含めて二十人ほどの顧客を抱え、あちこちを飛び回る多忙な日々だ。自分で車を運転して高輪までやって来た由乃は、手鏡を見ながら身だしなみを整えた。

(髪、メイク、衣服に乱れはなし。靴にも汚れはないし、大丈夫かな)

後部座席から愛用のダレスバッグを取り出し、屋敷に向かう。

今日訪れた秀島(ひでしま)家は代々歯科医を営む家系で、現当主は矯正歯科で名が知られる人物だ。自宅は和風の大邸宅で、数年前に建て直したばかりらしく、床柱や欄間材(らんまざい)、書院障子は旧家屋のものをそのまま使っていて風格がある。

四十代の夫人はクリニックの経営にタッチしておらず、社交に精を出す優雅な暮らしらしい。彼女としばらく雑談した由乃は白手袋を嵌め、バッグから商品を取り出して説明した。

「本日はバルデッリの新作シルクワンピースと、オジェ・ルヴェリエのネックレスをお持ちいたしました。ワンピースは伸縮性のあるダブルジョーゼット生地、不揃いな裾を独特のドレープ感が優雅に見せ、カシュクール風の深いVネックと背中の大胆な開きがとてもエレガントです。先日パーティー用のお召し物が欲しいと伺っておりましたので、アクセサリーと併せてお持ちいたしました」

「ワンピースだけど、国内にどのくらいの数が入ってきているのかしら。ほら、他の招待客と被ったりしたら嫌だし」

「このワンピースに関しましては、お色はライトブルーの一色で、日本国内に十点しか入ってきていないのを確認しております。ですから他の招待客と被る確率は少ないかと」

秀島家は自ら外商カードの申し込みをしてきた顧客で、これまでの通常カードでの購入実績や年収から〝お得意さま〟となることが決まった。初回は外商部長の友重と一緒に自宅を訪問し、二度目からは由乃が単独で担当となっている。

ワンピースに続き、持参したネックレスに関しても丁寧な商品説明を行った結果、秀島夫人は購入を決めた。その他、電子カタログからイタリアの高級食器ブランドの中皿やプレートも数枚買い上げてくれ、由乃は内心ホッとする。

売上伝票に記入したあとは、来月百貨店で行われる絵画の催事について案内した。一点物の高額商品を集めたもので、世界的な有名画家であるセドリック・バンフィールドやセレスティノ・ジョルジが出品予定だと話すと、夫人は目の色を変えて食いついてきた。

「すごいわね。ぜひお邪魔させていただくわ」

「はい。ご来場、お待ちしております」

バッグを買い替えたいという夫人のため、次回はブランドバッグを数点持参するのを約束した由乃は、秀島家をあとにする。

今日の売上は総額三三〇万円で、内容的に悪くはなかった。由乃の月間売上目標は一〇〇〇万となっており、今の段階で累計額が八〇〇万円を超え、このままいけば余裕でクリアできそうだ。

百貨店に戻ると、外商部のオフィスはたくさんの人々が出入りしていて活気があり、久能が自分の席で電話をしていた。ハイブランドのスーツに身を包み、高級時計をさりげなく着けている彼は、今日も嫌になるほどスタイリッシュだ。

由乃が売上伝票をマネージャーである久能に提出すると、彼はそれを眺めて言った。

「バルデッリのワンピースとオジェ・ルヴェリエのネックレス、それにモゼッティの食器が売れたのか。月中でこれだと、なかなかいいペースだな」

「ありがとうございます」

久能は顧客や売場担当には愛想がいいが、それ以外には至ってクールで淡々としている。由乃も職場では上司と部下の距離を守り、他人行儀に接していた。

その日、由乃は顧客へのアポ取りや事務仕事で少し残業し、午後七時に退勤した。六本木にあるマンションに帰るべく地下鉄に向かいながらスマートフォンを開くと、母親の静香と埜口からメッセージがきている。

静香は父が亡くなったあとに実家に戻り、自身の兄である伯父夫妻の屋敷で暮らしているが、とても元気そうだ。幸い伯母とは気が合って本当の姉妹のように仲がよく、二人で毎日のように社交やショッピングに出掛けているらしい。

由乃が久能百貨店で働くことを知ったときは心配していたものの、こまめに連絡をしているせいか、今は心から応援してくれていた。

一方、埜口のメッセージには「このたび結婚することになりました」という内容がスタンプつきで書かれていて、由乃は目を丸くした。

（埜口さん、結婚するの？　わあ、どうしよう）

九ヵ月前まで一緒に住んでいた彼女とは、今も頻繁に連絡を取っている。

同居の解消を申し出た際、由乃は彼女が不快に思うのではないかと心配していたものの、埜口はあっけらかんと「実は私、つきあっている相手がいて、そっちと一緒に住むので大丈夫です」と言ってくれた。

相手はイタリアンの料理人だといい、同棲を始めた彼女はとても楽しそうだった。

由乃とは月に二回ほど会ってお茶をしたり食事をしたりと、すっかり普通の友人のようにつきあっているが、そんな埜口が結婚すると聞くと深い感慨がこみ上げる。

（結婚するなら、ちゃんとお祝いしたいな。プレゼントは何にしよう）

祝い事でのプレゼント選びは、外商の腕の見せ所だ。

あれこれと考えているうちにマンションに着き、オートロックを解除して中に入る。

自宅に入ると、中はきれいに整えられていた。

久能も由乃も仕事でときどき帰宅が遅くなることがあるため、家事代行サービスを週に一度頼み、細かいところの掃除や料理、日用品の買い出しをお願いしている。

週の半分ほどは外食をする都合上、料理はメインになるものを三日分ほど作っておいてもらい、先に帰宅したほうが副菜をいくつか用意するのがルールだった。

キッチンに立って二十分ほど作業しているうちに玄関先で物音がし、久能が帰ってくる。

「ただいま」

「おかえりなさい、隼人さん」

職場ではクールな彼だが、プライベートではとても甘い恋人だ。

会社での姿が嘘であるかのように由乃を徹底的に甘やかし、恋人として下にも置かない扱いをしてくれる。スーツの上着を脱ぎ、ネクタイを緩めてシャツの袖を腕まくりした久能が、キッチンに入ってきて言った。

「俺も手伝うよ」

「ありがとうございます」

今日のメイン料理はチキンのトマト煮込みで、副菜は蛸とブロッコリーのバジルサラダ、海老トーストにする予定だ。小鍋でブロッコリーを茹でながら、由乃は笑顔で言った。

「仕事が終わってスマートフォンを開いたら、埜口さんからメッセージがきていて。彼女、おつきあいしている人と結婚するそうです」

「へえ、それはめでたいな」

　これまで三人で食事をしたことは数回あり、久能は埜口と面識がある。

　由乃がお祝いの品を贈るつもりだと告げると、彼が「俺も一緒に選んでいいかな」と申し出てきた。

「じゃあ買う前に、お互いに何がいいかプレゼンしませんか？　わたしたち、そういうことを専門に仕事をしているわけですし」

「それだと俺が余裕で勝つけど、いいのか？」

「隼人さんが勝つとは決まっていませんよ。わたしは女性ならではの感性で勝負するつもりですから」

　とはいえキャリアも経験も久能には遠く及ばないことを、由乃は自覚している。

　こちらが入社した頃から彼は外商部マネージャーとして輝かしい実績を持っており、その幅広い商品知識と完璧な接客、販売スキルを心から尊敬していた。

（ようやく独り立ちしてお客さまを持たせてもらえるようになったけど、隼人さんには全然敵わない。きっとこの差は、永遠に埋まらないんだろうな）

　そんなことを考えながら作業し、テーブルに料理を並べて夕食にする。

　白のスパークリングワインを開け、グラスを触れ合わせて乾杯したあと、久能がふと「そうか、十ヵ月か」とつぶやいた。由乃は不思議に思い、彼に問いかける。

「何ですか？」

「俺と君が〝恋愛の練習〟でつきあい始めてから、もう十ヵ月が経つんだと思って。今こうしてるのが、何だか感慨深いな」

確かに由乃が入社した当時の久能はこちらに対して冷淡で、あの頃の距離感を思うと今こうしているのが不思議でたまらなくなる。由乃は笑顔で言った。

「もっと一緒にいるような気がするのに、実際は一年経っていないんですよね。やっぱり職場が同じだからそう思うんでしょうか」

「この一年で、由乃は外商としてかなり成長した。入社一年で予算一〇〇〇万をクリアできているのがすごいよ」

久能が満足げに微笑み、由乃を見つめて言葉を続ける。

「このあいだ、外で偶然うちの父に会っただろう？『外商部の部下の、鷺沢さんだ』って紹介したら、父は鷺沢建設の社長令嬢だってすぐに思い出していた。入社一年で着実に結果を出していると聞いて、『やはり友重部長の目に狂いはなかったな』って褒めていたよ」

「そうなんですか？」

由乃が久能百貨店に入社するきっかけを作ってくれた部長の友重は、来年の定年退職を控え、最近は自身が抱える三〇〇人の顧客を外商部のメンバーに割り振ることを始めている。

由乃も既に数人紹介してもらい、担当替えをしてもらったが、穏やかで品のいい彼が来年いなくなるのを思うと、寂しい気持ちになっていた。

久能が話を続けた。

「そのあと父に会ったとき、言ったんだ。由乃とつきあってるって」

「えっ」

「俺のマンションで、一緒に暮らしているという話もした」

由乃はワイングラスをテーブルに置き、慌てて言った。

「そ、そんな。お父さまは反対したんじゃないですか？　わたしの父は逮捕されて、しかも実家はもうないんですから」

そんな女と息子がつきあうことを、久能の父親は快く思わないのではないか。由乃がそう言うと、彼があっさり答える。

「いや、まったくそんなことはなかった。実は反対される可能性も考えて、少し身構えながら話したんだが、父は『そうか。お前が選んだ女性なら、私は何も言うことはない』と言って」

「そんな……」

にわかには信じがたく、由乃が戸惑いの表情を浮かべると、久能が説明した。

――彼の母親である茉祐子は、政財界ではなくごく普通のサラリーマン家庭の出身であること。久能百貨店の社長である父親の孝志は、若い頃から名家との縁談が数多くあったものの、婦人服売場の店員として働いていた茉祐子と恋に落ち、彼女との結婚を決めたという。

「つまり父には、家柄による差別意識はないということだ。『互いに好きなら、それで構わない』という考えの持ち主で、それは名家出身ではない母も同様だから、実家を失った君に対して偏見はない。父親が逮捕された件も、家族まで責めを負うべきではないという認識だ」

久能は「だから」と言い、由乃を見つめてさらりと言った。

「由乃。――俺と結婚してくれないか？」

「えっ……」

「このマンションで一緒に暮らし始めてから、ずっと考えてた。君は俺が与えるものを当たり前として考えず、いつも礼を欠かさない。『埜口さんにやり方を教わったから』と言いながら水回りや室内の掃除をしたり、料理をしてくれる由乃を手伝ううち、俺はこれまでおろそかにしていた〝生活〟を楽しむ余裕ができていたんだ。君との暮らしは穏やかで、毎日何気ない会話をしながら食事をしたり、どこかに出掛けたり、同じベッドで一緒に眠ることで気持ちが安定してる。こんな毎日を続けていくためには、結婚という形を取るのが一番自然じゃないかと考えた」

「………」

「それに仕事の面でも、由乃は丁寧な接客や商品知識の積極的なインプット、きめ細かいフォローで、着実に結果を出してる。真剣に取り組む姿勢を見て、俺もいい刺激になってるんだ。頑張る君の姿をずっと傍で見ていたいし、何かあれば支えになりたい。一緒にいることで、互いを高め合う関係になれるんじゃないかと思ってる」

久能の話を聞くうち、由乃の目が潤み始める。

父が亡くなってからガラリと環境が変わり、怒涛のような一年だったが、そのほとんどに彼が一緒にいてくれた。とにかく目の前のことに一生懸命に取り組んできたつもりだが、それを評価してもらえるとうれしい。自分の努力は決して無駄ではなかったのだと、実感することができる。

（それに……）

このマンションで一緒に暮らし始めて、由乃も楽しかった。

恋人としての久能は甘く、自身の財力や外商としての知識やコネをフルに生かし、由乃をまるでお姫さまのように扱ってくれる。年上らしい余裕がある彼はいつも鷹揚で、家事も積極的に協力してくれ、仕事とプライベートが一緒でも生活にストレスはなかった。

唯一の懸念は久能の家柄だったものの、確かにこのあいだ外で偶然出会った彼の父親は、理知的で穏やかな人だった。このまま交際を続けていけば、いつか必ず家族に反対される——そう覚悟していたものの、両親がまったく気にしないと聞き、由乃は肩透かしを食う。

(隼人さんのご両親、息子の結婚相手がわたしでも本当に構わないのかな。すごい家柄なんだし、もしかすると他の親族が反対するかも)

だが久能の言葉を聞き、由乃の心はじんと震えた。

何の後ろ盾もない自分の中身を見て「好きだ」と言い、この先の人生を共にしたいと言ってくれている。彼は出会ったときから一貫して頼りがいがあり、揺るぎなく傍にいてくれ、由乃はそんな久能を強く信頼していた。

躊躇ったのは一瞬で、顔を上げた由乃は彼を見つめて応える。

「わたしもこの先の人生、隼人さんと一緒にいたいです。他の人は考えられません」

するとく久能が、面映ゆそうに微笑んで言った。

「よかった。実はひい祖母さんが亡くなる直前に、言ってたんだ。『あのお嬢さん、隼人の大切な人なんでしょう。二人の式を見られないのが残念だわ』って」

「えっ」

久能いわく、芙美子は由乃が絵のために奔走してくれたことに心から感謝していたらしい。「あんなに気立てのいいお嬢さんは、他にいない」「大事にしてあげないと駄目よ」と言って、彼に発破をかけてきたという。

「とはいえ、つきあい始めてすぐにプロポーズするのはいくら何でも早すぎるし、由乃も仕事を覚えるのに大変な時期だろうから、今まで我慢してたんだ。だが君も結果を出せるようになってきたし、いい時期だろう」

「でも……結婚したら、仕事を辞めなきゃならないんじゃ」

久能家は名家のため、息子の妻が働いているのは外聞が悪いのではないか。由乃がそんな懸念を口にすると、久能が事も無げに答えた。

「由乃が続けたいなら、俺は全力で応援する。百貨店(うち)は女性従業員が多い都合上、福利厚生がしっかりしていて、もし育児休暇を取った場合の復職も他業種に比べてスムーズなんだ。結婚したからといって退職しなくていいし、例えばこの先妊娠や出産で状況が変わっても、君が仕事を続けられるように協力するから心配しなくていい」

由乃は目の前の彼を、じっと見つめる。

尊敬する上司で、この上なく甘い恋人でもある久能が、自分の〝夫〟になる。それはこの先の幸せが約束されているも同然で、想像するだけで胸がわくわくした。

由乃は目を潤ませ、晴れやかな笑顔で告げた。

「ありがとうございます。――わたしでよければ、どうぞよろしくお願いします」

食事のあと、後片づけもそこそこに由乃は久能に寝室に引っ張り込まれた。

「あ、待って、隼人さん。先に台所を片づけないと……」

「ごめん、悪いが待てない。俺の妻になる君を、今すぐ確かめたくてたまらないんだ」

「ん……っ」

唇を塞がれ、最初から深いキスに翻弄される。

もう何度もしているはずの行為なのに、胸がドキドキしていた。それは彼のほうも同じらしく、間近で合った視線にはいつもより余裕がないように見え、由乃は小さく呼びかける。

「隼人、さん……」

「好きだ、由乃」

衣服を脱がされ、全身を丁寧に愛される。

どんなときでも久能は決して乱暴には振る舞わず、由乃の快楽を優先してくれていて、それがうれしくもありもどかしくもあった。

由乃は喘ぎながら彼に向かって手を伸ばし、上気した顔で言う。

「ぁ、隼人さん、もう……っ」

彼が身体を起こし、前髪を暑そうに掻き上げる。

その色っぽさにドキリとする由乃の前で、スラックスの前をくつろげた。そして昂ぶった自身に避妊具を被せ、中に押し入ってくる。

「んん……っ」

いつもより大きく感じるそれは彼の興奮を示しているようで、由乃は浅く息をしながら久能を見上げた。

すると彼が熱い息を吐き、こちらの膝をつかみながらささやく。

「まだ途中だ。――全部入れるよ」

「あ……っ！」

ずんと深く奥を突き上げられ、由乃は高い声を上げる。

それから長いこと、久能のもたらす律動に翻弄され続けた。荒い息を吐きながらこちらの身体を揺さぶる彼は、普段の穏やかさとは一変して男っぽく、自分の前でだけこうなるのだと思うとゾクゾクした感覚がこみ上げる。

「隼人さん、好き……っ」

「ああ、……俺もだ」

強い腕に抱きすくめられ、互いに夢中で快楽を追う。

気がつけば嵐のような時間が過ぎ去り、久能の腕の中で眠りに落ちていた。ぼんやりと目を開けた由乃が身じろぎすると、彼が「起きたか」と呼びかけてくる。

「今、何時ですか……？」

「午前零時を回るところだ。シャワーを浴びるか？」

確かに身体が汗でべたつき、メイクを落としていないことも気になったものの、全身に気怠(けだる)い疲れがある。由乃は目の前の久能の身体に抱きついて言った。

「……もう少し、こうしていたいです」

すると彼が面映ゆそうに笑い、おもむろに由乃の手を取って言った。

「君のこの手に映えるような、婚約指輪と結婚指輪を買いに行かないとな。久能百貨店内の宝飾店で買うという手もあるが、ここは俺の甲斐性（かいしょう）を見せるためにハイブランドにしようか」

「えっ？」

「それから挙式に関しては、和でも洋でも君の好きなほうを選んでいいから、時間を作って会場の見学に行こう」

久能が都内の有名結婚式場をいくつも挙げてきて、由乃は目を白黒させる。

招待する人数の規模で予算がどのくらいになるか、引き出物はどこがお勧めかなど、立て板に水のごときプレゼンを聞いた由乃は、途中で噴き出して言った。

「隼人さん、自分の結婚のときまで〝外商さん〟なんですね。ウェディングプランナーも顔負けです」

「そりゃあ、こういう商売だからな。人に任せるより、自分でいろいろ考えたほうが納得できるだろう」

「でも、わたしも同じ仕事をしてるんです。今回はお客さまにご提案する予行演習を兼ねて、自分でいろいろ調べてプランを立ててみたいんですけど、いいですか？」

すると彼が、面白そうな表情になってこちらを見た。

「そうか。じゃあ埜口さんの結婚祝いだけではなく、結婚式の企画でも勝負だな」

「隼人さんがどんなにすごい外商でも、わたしも負けませんから」

視線を合わせ、同時に噴き出す。

自身の手をかざしながら、由乃は婚約指輪のブランドをどこにするかを久能とあれこれ話し合った。そしてこの先も続くであろう彼との生活を想像し、じっと幸せを噛みしめた。

あとがき

こんにちは、もしくは初めまして、西條六花（さいじょうりっか）です。
マーマレード文庫さんで十冊目となるこの作品は、実家が没落して百貨店外商の世界に飛び込んだヒロインと、老舗百貨店の御曹司ヒーローのお話となりました。
ヒロインの由乃は天真爛漫（てんしんらんまん）な元お嬢さま、素直な性格の恋に恋する乙女です。一方のヒーロー・久能は明治時代創業の老舗百貨店の御曹司、外商部マネージャーという肩書きを持っています。

この作品を書くに当たって百貨店外商について調べたのですが、外商顧客は一般庶民とは一線を画す存在なのですね……！

世間の不景気などどこ吹く風の彼らは、毎月数百万円単位の買い物をし、百貨店の売上の三割から五割を叩き出すそうです。

そうした顧客を相手にする外商も、百貨店の顔としてハイブランドのスーツを身に着けるのが当たり前だそうで、住む世界が違うな～と感心してしまいました。

今回のカップルは頼りがいのあるヒーローと頑張り屋のヒロインで、楽しく書くことができました。物語のラストのあとに二人は結婚し、その後も仕事を続けた由乃は、女性ならではのきめ細かなサービスができる外商として成長していく予定です。

もしかしたら、出産でしばらく休んだあとに顧客の熱烈な要望に応えて職場復帰するかもしれません。夫である久能は、外商部で培った〝一歩先を行く気遣い〟で、育児も家事もきっちりサポートしたのではないかなと。

今回のイラストは、ちゃんぬさまにお願いいたしました。クールなイケメンヒーローとふんわり優しい雰囲気のヒロインに仕上げていただけ、うれしいです。

この作品が刊行されるのは、冬ですね。今年もたくさんの本を刊行していただきましたが、すべて読んでくださる皆さまとマーマレード文庫編集部、担当さんのおかげです。ありがとうございました。

来年もいろいろな作品を刊行できたらと思いますので、機会がありましたらどうぞよろしくお願いいたします。

またどこかでお会いできることを願って。

西條六花

マーマレード文庫

初心な没落令嬢はクールな御曹司の甘すぎる恋愛指南で奪われました

2023年12月15日　第1刷発行　定価はカバーに表示してあります

著者　西條六花　©RIKKA SAIJO 2023
発行人　鈴木幸辰
発行所　株式会社ハーパーコリンズ・ジャパン
東京都千代田区大手町1-5-1
電話　03-6269-2883（営業）
0570-008091（読者サービス係）
印刷・製本　中央精版印刷株式会社

ISBN978-4-596-53144-5

m a r m a l a d e b u n k o